黑暗的心

〔英国〕约瑟夫·康拉德 著
安宁 译

译林出版社

目　录

谨将本译作献给黑白

一

奈莉[①]是一艘观光游艇，她[②]只稍稍一晃就落定了船锚，连帆都没动一下，就安歇下来了。潮已涨满，风行渐止，既然要驶向河的下游，她唯一能做的，就是停泊下来，等待落潮。

泰晤士河的入海口铺展在我们眼前，犹如一条无尽绵延的航道的起点。在远处，海天无缝，铆接在一起；在河上发亮的地方，停泊着随潮涌来的驳船，她们褐色的船帆簇拥着，帆顶如山尖般耸立着，耀眼的第一斜桅闪着光。一层薄雾歇憩在低缓的河岸上，河岸平缓地延伸进海里。格雷夫森德[③]上空的云气是黑色的，再往远处看，这黑色被压缩成了忧伤的昏暗，一动不动地悬浮在地球上最大、最辉煌的城市上空，徘徊不去。

① 约瑟夫·康拉德的好友霍普（G. F. W. Hope）拥有一艘同名游艇。1891 年夏，康拉德两次乘该艇游泰晤士河的入海口。

② 在西方，通常用女性来指称船，没有特定的解释，但有一些通常的说法，比如：水手都是男性，船是他们爱的对象；船就像女性，捉摸不定；船又像一位母亲，在大海上佑护着水手等等。

③ 英国城市，位于伦敦以东二十英里处。

站在船头，眺望着大海的是我们的船长，也是一位公司的总裁。我们四个，深情地注视着他的背影。整条河上，没有人比他更像海员了。他像一个导航员，对于水手们来说，这个称谓意味着他很可靠。很难想象，他的工作不是在明亮的河口之外，而是在他身后那挥之不去的阴暗里。

就像我早先说过的，海洋是我们之间的纽带[①]。不仅能在长久分离时，把我们的心维系在一起，它还有一种特殊的功能，就是让我们能忍受彼此的奇谈怪论——甚至是信念。那位律师——一位受人尊敬的长者，因为年长且美德加身，拥有甲板上唯一的靠背，还躺在唯一的毯子上。那位会计早就拿出了一盒多米诺骨牌搭着玩。马洛盘腿坐在船尾正中，背靠着后桅杆。他两颊深陷，面色发黄，后背直挺，一副苦行僧的模样；他的双臂下垂，掌心向上，如一尊佛像。看到船锚已经很好地抓地，总裁心满意足地来到船尾，在我们中间坐下。大家慵懒地交谈了几句，之后，就是静默。不知为什么，我们并没有开始玩骨牌，而是若有所思，大家静静地发呆，什么也不想做。天色渐晚，白昼结束在一片宁静里，没有风，天边泛着光。河水映射着天光；四下晴空万里，是一片纯净柔和的浩渺苍穹；埃塞克斯[②]湿地的薄雾，犹如闪光

① 类似的说法，还出现在康拉德著名的短篇小说《青春》里。《青春》发表于 1898 年，早《黑暗的心》一年。

② 英国东英格兰大区的一个郡，位于英国东南部。

的轻纱，从内陆林木覆盖的山丘上垂下，用半透明的衣褶，笼罩着低矮的河岸。唯有西边的阴暗，弥漫在河的上游，变得愈发阴郁，好似被临近的太阳激怒了一样。

终于，太阳沿着它弯曲、不易觉察的弧线慢慢地落了下去，从耀眼的白色变成了呆滞的红色，没有光，也没有热度，像是要熄灭似的，犹如笼罩在人群之上的阴暗，一触即亡。

水上即刻起了变化，褪去了它的宁静模样，转而变得沉郁。古老的泰晤士河那宽阔的入海口，在日暮时分安歇了下来。世世代代，泰晤士河造福着两岸的人民；它平静庄严地伸展着，成为通往天涯海角的航路。一天虽然短暂，但却鲜活，它到来，然后永远地离去。我们看待可敬的泰晤士河，不是通过一天的光景，而是透过恒久记忆的威严之光。俗话说，有人满怀爱与敬“追随了大海”。对于这样的人，有什么比唤起泰晤士河下游往日的伟大精神更容易的呢？潮水起起落落，不停歇地为人服务着。充斥在这起落之间的，是对人和船的记忆——有些被带回家园安息，有些则被带往海上的战事。潮水认得且服务过这个国家引以为傲的所有人，从弗朗西斯·德雷克爵士[1]到约翰·富兰克林[2]爵士，不管他们是否受过封诰，皆堪称爵——他们都是大

① 弗朗西斯·德雷克（Francis Drake, 1540–1596），16 世纪英国航海探险家，政治家。1588 年，他曾带队击退西班牙无敌舰队的攻击。

② 约翰·富兰克林（John Franklin, 1786–1847），英国船长，北极探险家。

海上伟大的游侠骑士。它承载过所有船只的名字，犹如珠宝闪耀在时间的夜空上，比如“金鹿号”[①]，她圆鼓鼓的船体满载宝藏而归，得女王陛下御临船上，因此流传下不朽的传奇；再比如“幽冥号”和“惊恐号”[②]，她们踏上了另外的征途——一去不复返。泰晤士河知晓那些船和那些人；他们从德特福德、格林威治、伊利斯[③]出发——那些探险家和殖民者们；国王的船只和商人们作为交易场所的船只；船长、舰队司令、东方贸易的地下“走私者”以及被委任的东印度舰队的“将领”们。那些搜寻黄金和追逐荣誉的人——他们都由这条河出发。他们手执宝剑，更多时候则是高擎火炬；他们既是陆上威力的信使，也是神圣火花的护持者。哪样伟大的东西，没有顺着这条河的潮落，流向这颗人类尚未完全知晓的地球的那些神秘区域！比如：人的梦想，共同体的种子，帝国的萌芽……

太阳落了下去，薄暮笼罩在河面上，沿岸亮起了灯。三条腿的查普曼灯塔立在泥滩上，发出耀眼的光。船灯在航道上穿梭——杂乱的光束或西或东地闪烁着。再往西去，上游那座巨大的城市所在的地方，依然不祥地映照在天空上。在阳光里，它是徘徊不去的阴暗；在星光下，它是耀眼的俗丽之光。

---

① 弗朗西斯·德雷克环球航行的旗舰。

② 约翰·富兰克林北极探险时带领的两艘皇家海军战舰。

③ 三者均位于伦敦东南部，且靠近泰晤士河。

“这里，”马洛突然说，“也曾经是地球上野蛮未开化的地方。”

他是我们中间唯一一个仍然“追随海”的人。给他的最坏评价，就是他不是典型的自己那类人。他是个海员，也是个流浪汉。如果我们可以这样描述的话，多数海员其实过的都是定居生活，他们的头脑是宅家型的：他们的家与他们始终在一起，那就是船；他们的国度亦如此，那就是海。一艘船与另一艘船没什么不同，而大海也始终如一。在他们永恒不变的四周，异国的海岸、面孔，还有庞杂生活的变迁，顺船滑过。为这些景致蒙上面纱的不是神秘，而是稍带不屑的无知，因为对于水手来说，除了大海本身，没有什么是神秘的，而大海，是他们的爱侣，如命运般不可捉摸。至于其他的，在工作的闲暇，随便在岸上闲逛一下或偶尔狂欢一次，就足以了解整个大陆的秘密，而一般说来，这些秘密不值得让人知道。水手们的奇谈，简洁直白，就像砸开一个坚果，果仁就在里面。但马洛是个非典型的水手（如果把他爱讲故事的偏好排除在外），对于他来说，一个事件的意义不是像果仁一样，包裹在故事的里面，而是环绕在故事的外围，犹如一烛火焰带出的光晕，又像被月亮的光辉照亮的朦胧光圈。

他的话听起来一点都不让人惊讶，这就是马洛。大家沉默以对，甚至都没有人哼一声，而没过多久，他又接着说下去，说得很慢：

“我想到了很久以前，罗马人最初到这里时[1]，是在一千九百年前——恍如昨日……就是从那时起，这条河上有了光——你说那些爵爷们？是的，如同燎原之火，云中霹雳。我们生存于刹那间——只要这古老的地球持续运转，愿人类生生不息！但就在昨日，这里还是黑暗。想象一艘——叫什么来着？——一艘来自地中海的三列桨战舰舰长的心情：他突然接到北上的命令，匆匆经陆路跨过高卢，来负责一艘战舰上的军团——军团的士兵也一定是群极好的巧手之人，曾经几百个人一起，一两个月就把战舰造好，如果我们相信所读到的。想象他就在这里——世界的尽头：海是铅一般的颜色，天是烟一样的颜色，船如六角风琴般笨重僵硬——他逆流而上，带着货物，抑或命令；究竟为何缘由，由着你去猜想。沙洲、沼泽、森林、野蛮人——文明人能吃的一点宝贵食物，除了泰晤士河的水，没有其他的水可以饮用。这里没有费乐纳斯酒[2]，也不能上岸。偶尔会有一处军营，它们迷失在荒野中，如同掉进草垛里的一根针——寒冷、大雾、暴雨、疾病、放逐、死亡——死亡潜伏在空气里、水里、丛林里。他们在这里，就像苍蝇般地死去。哦，是的——他做到了。毫无疑问，也做得非常好，甚至没有过多地考虑过什么，或许只是在后来，向人吹嘘起他一生的经历。他们足够男人，敢于直面黑

① 罗马人在公元前 45 年到达大不列颠。

② 来自意大利坎帕尼亚的名酒。

暗。或许，他的安慰来自于可能晋升到拉文那[1]舰队的机会，当然了，这急不得，得慢慢来，得有在罗马的好亲戚，也得熬得过恶劣的天气。或者，设想身穿托加长袍[2]的正派青年——或许太正派了，你们明白的——一个接一个地来到这里，做地方长官、税务官，甚至是商人，以期改善不济的命运。他在沼泽地下船，穿过树林，在某个内陆的贸易站中感受到了野性——彻底的野性，把他包围；这野性是荒野生活所有神秘之所在，它搅动着森林、密丛和野蛮人的心。而且，进入这样的神秘，并没有事先的启蒙，他得生活在令人无法理解的事物之中——这种体验是可憎的；然而，它又是迷人的，对着他施魅。令人厌恶的事物，又有它的迷人之处——这你们是知道的。想象那与日俱增的懊悔，那逃离的渴望和无力的憎恶；对充斥一切的野性，既束手就擒，又憎恨不已。”

他停了下来。

“注意——”他又开始了，举起了一只手腕，掌心向外，加上他双腿盘放在身前，就像一个布道的佛陀，只不过穿着欧洲人的衣服，而且没有坐在莲花宝座上，“注意，我们没有人会有完全类似的感受，救赎我们的是效率——对效率的忠诚。其实，这些人并没有多少价值。他们不是殖民者，我怀疑他们的管理仅

---

① 古罗马主要的海军基地。

② 古罗马男子的典型服饰。

仅是一种压榨，再无其他。他们是征服者，所以只需要暴力——如果有这份能力，也不值得吹嘘，因为它只是一种偶然，是由于别人的弱才显出来的。为了得到能得到的，他们随手抄起手边的家伙，进行纯粹的暴力掠夺和大规模的野蛮屠杀，而且是盲目进行的——想想面对黑暗的人，不正是如此吗？多数时候，对地球的征服，只是意味着从相貌不同，或者鼻子比我们稍稍矮一点的人手中夺走东西。当你好好审视这件事时，就会发现真不是什么漂亮勾当。能救赎它的，只有信念。这信念隐藏在它的背后，不是感伤的伪装，而是一个信念，还有对这个信念无私的信奉——一个可以标榜、可以朝它鞠躬、可以向它献祭的东西……”

他突然停了下来。火焰在河面上滑动，小小的绿色火焰、红色火焰、白色火焰，追逐着、赶超着、交叉着、横跨着——而后缓慢或匆匆地分离。这座伟大城市的交通，在渐深的夜色里继续着，穿行在这不眠的河流上。我们看着眼前的景象，耐心地等待着——在落潮之前，无事可做。但是，经过了很长时间的沉默，他才用迟疑的声音说：“我想你们还记得，我曾经做过不长时间的淡水水手。”听到这话，我们知道，自己注定要在退潮之前，听上一段马洛的经历，而这些经历往往没有定论。

“我不想用发生在自己身上的事，来烦你们。”他开始了。从这句话，可以看出很多讲故事人的弱点，他们好像通常都不明白，自己的听众最想听到的是什么。“但是，你们要明白它对我的影响，你们得知道我是如何到了那里，看到了什么，如何溯流而上、沿那条河到的那个地方，第一次见到了那个可怜的家伙。那是航行的至远点，也是我个人经历的顶点。它好像给我周边的事物投射了一束光——也给了我的思想一束光；它够得上阴暗——也够得上可怜——但没有任何出奇的地方——也不甚明了。不，不明了，但却像是投射出了一束光。

“或许你们还记得，我那时刚回到伦敦。在这之前，在印度洋、太平洋和中国海一带待了很久——也算是常规的东方经历——差不多有六年。当时，我四处闲逛，打断了你们这些人的工作，闯入你们这些人的家中，好像我得天授意要开化你们。短时间内，倒没什么，但过些时候，就闲散够了，我开始寻找出海的船——这大概是世界上最难的事。那些船连看都不看我一眼，而我，也厌倦了这个找工作的游戏。

“在我还是个孩子的时候，就热衷于看地图，会一连几个小时盯着美洲、非洲、澳大利亚看，迷失在探险的各种辉煌里。在那时，地图上还有很多空白的地方。每当我看到某个空白处在地图上格外吸引人的时候（虽然它们看上去都差不多），就会用手指着它，说：等我长大了，要去那里。我还记得，北极就是其中之一。当然了，我还没去过，现在也不准备尝试了，魔力也消失了。其他地方则分散在赤道周围，或者两个半球的不同纬度上。一些地方，我去过了，但是……好吧，我们不说那些。然而，仍有一个地方——最大的一个，也可以说是最空白的一个——是我渴望前往的。

“的确，到了现在，它已经不是空白的了。从我孩提起，它逐渐被填进了河流、湖泊和其他的名字。它不再是神秘且令人愉悦的空白——让一个男孩梦想辉煌的白白的一块，变成了黑暗之地。但是，在它里面，有一条河，一条巨大的河，在地图上可以看得到；它像一条伸展开的巨蟒，头伸进了海里，身体蜿蜒着，栖息在一片广阔的土地上，而尾巴却消失在了这片土地的深处。当我在一个橱窗里看着这条河的地图时，就像鸟被蛇吸引了一样——一只傻傻的鸟。当时，我突然想起，那里有一家大公司，一家在那条河上做贸易的公司。见鬼！我心里想：他们不可能在那么大片水域做贸易而用不到某种船只——蒸汽船！我为什么不能掌管一艘呢？我继续沿佛里特街[①]走着，摆脱不了这个想法。蛇好像对我施了魔法。

“你们知道，那个贸易协会是一家大陆的公司，但是，我有很多亲戚住在欧陆。他们说，选择在欧陆生活，是因为那里不贵，而且没有看上去那么讨厌。

“很遗憾，但我不得不去打扰他们。这对于我来说，是前所未有的事。我一直是个特立独行的人，想去哪里，就用自己的双腿走去，用不着别人。我都不敢相信自己会这样做，但是——

① 位于伦敦金融城内，是旧时伦敦报业的聚集地。

你们知道——我莫名其妙地觉得，自己一定要到那个地方，无论如何都得去。因此，我只能去烦扰他们。男人们说一句‘我亲爱的伙计！’就完了。然后——你们相信吗？——我试了一下女人们。我，查理·马洛，利用了女人们——来为自己找一份工作。老天！好吧，你们瞧，是那个想法驱使着我。我有一个舅母，她是个可亲的热心人，她写道，‘这令人欣喜。为了你，我愿意做任何事，任何事。这是个极好的主意。我认识公司里一位顶级要员的夫人，还有另一位极有影响的人’等等。她下定了决心，一不做二不休，一定要让我成为一艘河上蒸汽船的船长，如果这就是我想要的。

“我得到了任命——这是理所当然的，而且任命来得很快。好像公司收到了消息，他们的一位船长，在与土著人的扭打中丧生。这就是我的机会，而且让我越发着急出发。只是在很多个月之后，在我试着为前任船长收尸的时候，才听说争吵起源于几只鸡的误会。是的，是两只黑鸡。佛雷斯乐文——这是那家伙的名字，是个丹麦人——不知怎的，他觉得买鸡的时候吃了亏，因此就上了岸，用手杖反复抽打村里的酋长。哦，在听到这些时我还被告知，佛雷斯乐文是在两条腿走路的生物里，最温和，最安静的，我丝毫也不感到惊讶。他安静温和，这毫无疑问，但是他已经在那里待了几年，从事着高贵的事业——你们知道的——他可能终于认识到了以某种方式来维护自己尊严的必要，因此下了狠手打那老黑人。大群村民看着酋长，目瞪口呆，直到有一个人——别人告诉我，是酋长的儿子——再也无法忍受老人的惨叫，试探性地朝着白人投出了长矛——当然了，那矛很容易就穿过了人的两个肩胛骨之间的地方。然后，预料到了所有可能到来的灾祸，整个村子里的人都逃进了森林，而另一边，佛雷斯乐文掌管的船也极其恐慌地逃走了，我想是轮机师开走了船。在这之后，好像没有人为佛雷斯乐文的尸首操过心，直到我到了那里，接替了他的工作，我无法对他置之不理。当机会来临，我终于可以见到这位前任的时候，从他肋骨长出的草已经足够盖住他的尸骨了，所有的骨头都在。自从他倒下后，这位黑人眼中的神[①]就没有被动过。村子废弃了；草屋瞪着漆黑的眼睛，已经腐烂了；在余下的断壁残垣里，所有的东西都东倒西歪。毫无疑问，一场灾难降临到村落，人都消失了。恐惧驱散了他们，男人、女人和孩子都逃进了树丛，再也没回来，我也不知道那两只鸡后来怎样了。我想无论如何，一定是进步的事业享用了它们。然而，就是通过这个辉煌的事件，我得到了任命，甚至是在我期待它的到来之前，就得到了。

“我疯了般地四处奔波，为出发做准备。不到四十八小时，就已经横渡海峡，去见雇主，签了合同。几个小时之内，就到达

① 在这部小说里，隐含着一个信息：来到刚果的白人，带着如同雷电霹雳的枪械，是黑人眼中的神。

了一座城市，它总让我想起白色的墓穴，这无疑是偏见。我毫不费力地找到了公司办公的地方。它是整个城市最大的话题，我遇到的每个人都在谈论它。他们将会经营海外的帝国，通过贸易赚取源源不断的金钱。

“一条狭窄、无人问津的街道深陷在阴影里，两边是高楼大宅，数不清的窗户挂着威尼斯百叶窗，死一般地沉寂，石头间冒出青草，左右都是派头十足的四轮马车的拱门。巨大的双开门笨重地敞开着，我从其中一个溜了进去，爬上打扫干净、没有装饰的楼梯，四周像沙漠一样了无生机，我打开了碰到的第一扇门。两个女人，一胖一瘦，坐在草绳底座的椅子上，织着黑色的毛线。那个瘦女人站起身，径直朝我走来，仍然眼都不抬地织着毛线，只是在我想要给她让路的时候——就像你会给一个梦游者让路一样——她才站住了，抬起头。她的长裙，朴素得像一把伞的伞面。她一言不发地掉转身，带我进了一间等候室。我报上姓名，环顾四周。房间正中是一张文案桌，简朴的椅子沿着四周的墙壁摆放着，房间一头挂着一幅巨大闪光的地图，图上用彩虹的七种颜色做着标记。有大片的红色——这样的颜色，无论何时看到，都会让人感觉很好，因为人们知道已经有一些实质性的工作在这些地方完成，蓝色的区域大小相仿，还有一点绿色和成片的橙色，而在东海岸，有个紫色色块，表明进步的快乐先锋们在那里喝着快乐的德国啤酒。然而，这都不是我要去的地方。我要进入的，是黄色区域，就在正中间。那条河也在地图上——令人着迷——置人于死地——像一条蛇。唉！有扇门开了，伸出一个白发的脑袋，应该是秘书的头，脸上的表情带着同情，然后整个人出现了，用瘦骨嶙峋的食指招呼我，让我进到神殿里。殿内很暗，一张笨重的书桌盘踞在中间。桌子后面，有一个庞然大物，给人的印象是一个身穿黑大衣、苍白胖大的身躯。是大人物本人。据我看，他应该有五英尺六英寸高，手握百万财富。恍惚之间，我想他应该是跟我握了手，发出模糊的低语，对我的法语表示满意。Bon Voyage[①]。

“差不多四十五秒钟之后，我发现自己又回到了等候室，由富有同情心的秘书陪着。他满含忧伤和同情地让我签了一份文件。我想自己应该是做出了一系列的承诺，其中包括不泄露任何商业机密。好吧，我不会的。

“但我开始觉得有些不安。你们知道，我不太适应类似的仪式，而且，周围有一种不祥的氛围，好像我被卷入了一场阴谋——我也说不清——就是觉得不对劲。我很高兴能从里面出来。在外面，那两个女人拼命编织着黑毛线。陆续开始有人到来，年轻的女人来来回回地走着，给他们引路。老女人坐在自己的椅子上，脚炉上支着她的平底布拖鞋，一只猫安躺在她的腿上；她的头上戴着一个白色的浆过的东西，腮上有颗痣，一副银边眼镜架

① 法语：旅途愉快。

在她的鼻尖上。老女人越过眼镜打量着我，其中透出敏锐而冷漠的平静，让人心生忐忑。有两个年轻人，一脸愚蠢、快活的神情，被带了进去，而她也向他们投出了同样快速的一瞥，带着事不关己的智慧。她好像一眼就看透了他们，对我也是。一种可怕的、怪异的感觉慑住了我，她看上去很神秘，像是预示着命运。到了那边之后，我还常常想起这两个女人；她们把守着黑暗之门，编织着黑色的毛线，好似在织一副棺罩。她们一个引路，不断把人引向未知；另一个用她漠不关心的、年老的眼睛，审视着一副副快活愚蠢的年轻面孔。万岁！编织黑毛线的老女人。这些将死之人向您致敬！[①]她看过的这些人，很少能再见到她——能再次与之谋面的人，远不到一半。

“还要见一下医生。‘只是个简单的过场。’秘书安慰说。看他的神情，像是对我所有的不幸抱以无限的同情。于是，从楼上某处下来一个年轻人，帽子拉低在左眼上方，他带我走了出来。我猜他应该是个办事员，这么大的公司，一定是有办事员的，尽管这座房子里非常安静，静得如同死亡之城里的住所。年轻人衣服破旧，心不在焉，夹克袖子上满是墨迹；他的领结很大，像个汹涌的浪头，压在下巴底下；而那下巴，像一只旧靴子的鞋尖。太早了，医生还没到，我提出请他喝一杯，他即刻表现出性情中

① 小说中的原文为拉丁文：*Ave! Morituri te salutant.*这是在古罗马竞技场内，角斗士在演出前向罗马皇帝致敬的用语。

快活的一面。我们坐下来，点了苦艾酒，他边饮酒边赞颂公司的事业。渐渐地，我漫不经心地表达出惊讶：他为什么不到那里去？年轻人一下变得非常冷静，镇定了下来。'“我没看上去那么傻。”柏拉图对他的弟子们如是说。'他简短地回答说，一口气干了杯中的酒，我们都站起了身。

“那位老医生把了我的脉，但明显还在想着别的事。'好，适合去那里。'他咕哝道，然后稍带热切地问我，是否能让他量一下头。我虽然非常惊讶，但还是答应了。他拿出一个类似测径器的东西，量了头的前面、后面以及各个方位的尺寸，还非常认真地做了笔记。他个头矮小，没刮胡子，磨破了的外套像件工作服，脚上穿的是拖鞋。我觉得他是个无伤大雅的傻瓜。'为了科学的目的，我总是请求测量那些要去那里的人的头盖骨。'他说道。'他们回来的时候，你也量吗？'我问。'哦，我从没再见过他们。'他评论说，'而且，变化发生在里面，你知道的。'他笑了，好似被某个秘密的笑话逗乐了。'你要去那里，对吧！好极了！这很有趣。'他仔细地打量着我，又做了一条记录。'你的家族有疯病史吗？'他问道，一副实事求是的语气。我觉得非常恼火：'你问这个问题，也是为了科学的目的？''可以这么说。'他回答，一点都没留意到我的恼怒，'从科学的角度讲，在现场观察个体的精神变化会很有趣，但是……''你是个精神病医生？'我打断了他。'每个医生都或多或少懂一点。'那个怪人回答道，仍不为所动，‘我有个小小的理论，你们去那里的先生们得帮我证明。拥有这么大一个属国，我的国家会收获利益，而这，是我的那一份。至于财富，我留给别人。原谅我的问题，但你是第一个接受我检查的英国人……’我赶忙向他保证说，自己一点都不典型。‘如果我是典型的英国人，’我说，‘就不会这样跟你说话了。’‘你的话很深刻，但有可能是错的。’他大笑一声说，‘避免发怒，这比避免在太阳底下暴晒还重要。再见！嗯，你们英国人怎么说？拜拜。啊！拜拜！再见！在热带地区，无论如何都要保持冷静。’……他举起了食指，做出警告的手势……‘冷静，冷静。再见！’

“还有一件事要做——就是跟我的好舅妈道别，我发现她充满胜利的喜悦。我喝了杯茶——这是接下来很多天里，最后一杯像样的茶。喝茶的房间，看上去极为抚慰人心，正是你能想象得到的一位贵妇人会客室的样子。我们依偎在壁炉边，静静地聊了很久。在这场能相互信任的交谈中，事情变得非常明了：我被描绘给高官的妻子，天知道还有多少人，也被说成是一个卓尔不群、天赋异禀的人——公司得到我，是一笔财富——这样的人，不是每天都能碰到的。老天！我只不过是负责一艘河上的蒸汽船，价值不过两便士半，外加一个一便士的口哨而已！然而，我好似也成了一名光荣的劳动者[①]，有着自己的资本——你们明

① 这里似在影射托马斯·卡莱尔在《文明的忧思》（1843）中对劳动的礼赞。

白的——类似于光明的使者、低阶的使徒之类的。在当时，报纸上、人们的谈话里，有很多这样的蠢话，而这位极好的女士，就生活在这些胡言乱语的急流里，有些神魂颠倒。她说什么‘帮助那些数以百万的人摆脱可怕的生活方式’；听她说些类似的话，我真感到有些不适。于是，她小心翼翼地暗示说，这家公司是以营利为目的的。

“‘你忘了，亲爱的查理，工人是配得上他的佣金的。’她神采飞扬地说。好生奇怪，女人们与真相是多么不搭边。她们生活在自己的世界里，而这样的世界，世间从来就不曾有过，也不可能有。它太美好了，如果她们真把它建立起来，恐怕在第一天日落之前，就会散作满地碎片。有些讨厌的事实，我们男人自创世那天起就满足地与之共存，但如果它们显现出来，一定会把女人们的世界掀个底朝天。

“在这之后，我得到了一个拥抱，被通知要穿法兰绒，被提醒一定要常写信，等等——然后，我离开了。到了街上——不知道为什么——一种奇怪的感觉冒了出来，仿佛我是个骗子。奇怪的是，我本来能够在接到通知二十四小时之内，离开世界上任何一个地方；这对于我来说，就像别人过条街一样简单，无须多想。但这次，面对这样一件稀松平常的事，有那么一刻——我不说自己迟疑了，而是出现了一次惊愕的停顿。我能向你们解释清楚的最好方式，或许可以试着这么说：有那么一两秒钟，我感觉自己好像不是去往一个大陆的中心，而是要前往地球的中心。

“我坐着一艘法国蒸汽船离开了。在那里，已经有一个接一个的口岸了，而她，会在每一个该死的口岸停靠。据我观察，只是为了放下士兵和海关人员。我观察着海岸，看着它滑过船舷，如同思索一个谜团；它就在你的眼前——微笑着，皱着眉，示着好，伟岸、卑劣、寡淡，抑或野蛮，总是带着一副低语的神情：来吧，弄明白。此处的海岸，毫无特色，好似还在生成中，一副单调无情的样子。巨大的丛林边缘，绿得如此深，以至于都变作了黑色，被白色的海浪镶了边，笔直地伸展着，就像一条平行的线，沿着蓝色的大海延伸得很远，很远。海的亮光被缓慢升起的薄雾模糊了。太阳炙烤着大地，大地好像在发光，冒着蒸汽。偶尔会有灰白色的斑点出现，成群地聚集在海浪中，也大概会有一面旗帜飘扬在它们上空——那是已经有几个世纪历史的定居点。这些定居点，与那还没被触碰过的巨大背景相比，还没有大头针大。我们敲敲打打地向前，靠岸，放下士兵；继续向前，放下海关人员——他们会在这片看上去被上帝遗弃的荒野里，征收赋税，会有一个马口铁做的棚屋、一根旗杆，但都会迷失在荒野里；船放下更多的士兵——大概是去看护那些海关人员的。我听说有些淹死在了海浪里，但是否真的如此，好像没有人会关心。他们就被扔到了那里，我们继续向前。海岸每天看上去都是一个样子，好像我们没有移动过一样，而实际上，船经过了不同的地方——做贸易的地方——它们的名字有的叫大巴萨姆，有的叫小波波，像是些出自低俗闹剧的名字，而这些闹剧，正在凶险的幕布前上演着。我在人群中孑然独立，觉得没有与人交往的理由，我感受着一个旅客的无聊。油腻、无精打采的海，一如既往严肃的海岸，这些像是把我和真相隔开，禁锢于一个愚蠢、可悲而又辛苦的幻想里。不时传来的海浪声，带给人真实的快乐，如同一位朋友的话语；它是一种自然的东西，有它存在的理由和意义。偶尔，来自岸边的小船，会让人短时间与现实发生关联。划船的是黑人，远远地就能看到他们发光的眼白。他们叫喊着、歌唱着，汗流浃背；他们的脸就像奇怪的面具——这些人啊！但他们有肌骨，有野蛮的生命力，有强大的运动力量，就像岸边的海浪一样自然而真实，他们不需要在此处的理由。看着他们是巨大的慰藉，在短时间里，我会觉得自己仍然属于一个有是非曲直的世界，但这种感觉不会持续太久，会有事情突然发生，把它吓跑。记得有一次，我们遇到了一艘停靠在岸边的军舰。岸上连个棚子都没有，但她在向着丛林发射炮弹，好像法国人正在周围一带进行一场战争。她的旗帜像块破布一样耷拉着，整个船体的下半部分布满了八英寸口径大炮的炮口。油腻黏滑的浪慵懒地把她托起，又落下，摇晃着她细细的桅杆。在空阔广袤的天、地和海之间，她停在那里，朝一片大陆开着炮，着实令人费解。砰！一个八英寸口径的大炮被发射，冲出了一小团火，然后消失，也会有一小团白色烟雾散去，随后会有一发小小的炮弹发出微弱的啲哨声——然后什么都没发生，也不可能发生什么。整个行动有些疯狂，那景象给人一种感觉：它像个悲惨的笑话。尽管船上有人苦口婆心地向我担保，丛林里有土著人的营地，但这种感觉也没有消散。他称他们是敌人——就躲在看不见的地方！

“我们给了战舰上的人他们的信（听说在这艘孤独的船上，每天有三个士兵死于热病），继续向前。我们又停靠了一些口岸，名字都傻里傻气的。在这些地方，死亡与贸易的欢乐之舞，在寂静、充满泥土气息的氛围里上演着，犹如一座过度加热的地下墓穴。这些，都发生在没有固定形状的海岸沿线，海岸被危险的海浪镶了边，好像自然本身也试图抵挡入侵者。我们驶入、驶出河口，河流都变成了活生生的死亡之河。它们的河岸腐烂为泥，它们的水变作黏稠的泥浆水，涌入扭曲的红树林，犹如极端无力的绝望对着我们扭动。我们没有在一个地方停留很久，可以获取一个确切的印象，但总体上有一种模糊而沉重的惊奇感在逐步加深——像一场疲倦的漫游，穿行在梦魇般的暗示里。

“船行驶了三十天，才看到那条大河的河口，我们停泊在了政府驻地的附近。但是，我工作的地方还远在两百英里之外。条件一允许，我就登上了另一艘船，沿河上行了三十英里。

“我坐的是一艘小小的蒸汽海船，她的船长是位瑞典人。知道我是水手，便邀请我上了舰桥。他是个年轻人，瘦削但健康，皮肤白皙，稍显忧郁。他的头发又细又长，走路有些拖着脚。我们离开那个凄惨的小码头时，他朝着岸上轻蔑地甩了甩头。‘你住那里？’他问道。我说：‘是的。’‘这些当官的真是群好人——不是吗？’他继续说，用的是英语，非常精确，但颇含怨愤。‘真可笑，一些人为了每个月几法郎，都做些什么！我好奇，这样的人到了内陆，会变成什么样？’我告诉他我很快就能看到了。‘哇哦！’他惊叫道。他的脚步左右挪动着，目光很警惕地盯着前方。‘不要太肯定。’他继续道，‘前些天，我接了一个人，是自己在路上吊死的，也是个瑞典人。’‘吊死的！老天！为什么？’我喊道。他继续小心地观察着前方。‘谁知道？大概是太阳太毒了，他受不了，也可能是因为这个地方。’

“最后，我们到了一个河段，出现了一处断崖，岸上有挖出的土堆成的山丘，山上有房屋，还有一些铁顶屋散布在荒废的挖掘场，或是紧贴在斜坡上。前方湍流持续地喧哗，盘旋在这片有人居住的废墟上。有很多人，多数是裸身的黑人，像蚂蚁一样四处走动着，有个码头伸进河里。时不时地，炫目的太阳会突然射出耀眼的光，盖过这一切。‘你们公司的驻地到了。’瑞典人说，他用手指着石头斜坡上三处军营式的木建筑，‘我会让人把你的东西送上去，四个箱子对吧？好吧，再见！’

我在草丛里发现了一个锅炉，里面的水沸腾着，然后找到了一条上山的小路。小路绕过大圆石，还绕过一个小于正常尺寸的铁路罐车，铁路罐车后背着地、四轮朝天地躺在那里，一个轮子没有了，看上去像具动物的死尸一样，一动不动。我碰到更多坏掉的生锈的机器部件，还有一堆生锈的铁轨。小路的左边，有一丛树木，撑起了一片荫凉，里面好像有些黑色的东西在动。我眨了眨眼，路很陡。小路右边有号角声，我看到黑人们在跑。一记重重的、沉闷的爆炸让地面颤动，一缕烟从断崖处升起，然后就没什么了，石头表面纹丝不动。他们在修建铁路，但悬崖并不碍事，或有什么不妥；这样毫无目的的爆炸，就是正在进行的工作。

“身后有轻轻的叮当声，我转过身，看到六个黑人排成一队，沿着山路艰难地往上走。他们身体笔直，走得很慢，头顶着装满土的小筐，叮当声与他们的步伐保持着一致。他们腰间系着黑色的布片，短短的布头像尾巴一样在身后摇摆。我能看到他们的每一条肋骨，他们的关节就像在一根绳子上打的结，每个人的脖子上都带着铁环，六个人用一条链子连在了一起，链子在他们中间晃动，发出有节奏的叮当声。断崖处又有一声炮响，让我突然想起之前见过的那艘朝着陆地开火的战舰，同样有不祥的声音，但我们怎样都无法把这些黑人称作敌人。他们还被叫作犯人，愤怒的法律就像炸开的炮弹，落在他们身上。对于他们来说，这些大概都是来自海外的、无法解释的谜团。他们瘦弱的胸膛此起彼伏，张开的鼻孔剧烈颤动着，眼睛直直地望着山顶。他们从我身边经过，相距不足六英寸，但没有人看我；他们有的，是不幸的野蛮人那种彻底的、死亡般的冷漠。在这些生番后面，跟着一个被新生产力改造过的产物，他沮丧地走着，手里握着一把来复枪。他上身穿着一件有颗扣子掉了的制服，看到路上有白人，他就敏捷地把武器举到肩头。这不过是出于谨慎，白人从远处看上去是如此相似，所以他看不清我究竟是谁，但马上安了心，咧开大嘴，露出一口白牙，恶棍般地冲我笑，加上他看那些野蛮人的眼神，好似让我成了他的同伙。毕竟，我也是这伟大事业的一分子，它的程序如此高尚而公正。

“我没有往上走，而是转身朝左向下走去。我的想法是，等这些戴锁链的人走出我的视线，再上山。你们知道，我不是特别温和的人，我得出击，也得回避；有时需要忍耐，有时需要进攻——进攻只是一种抵抗的方式——不计代价如何，那代价由我误闯进的生活所决定。我见过暴力的恶魔，贪婪的恶魔，还有炽热欲望的恶魔；天上所有的星星作证，它们是多么强大、壮硕、红眼的魔鬼，动摇、驱使着人——我告诉你们，是人啊！但站在那个山坡上，我预见到：在那片炫目的阳光下的土地，我将会遇到一个软弱、装模作样，且眼力不济的恶魔，它源于贪婪而无情的愚蠢。至于它有多阴险，我是几个月后，在一千英里之外的地方才发现的。而在当时，我惊诧地呆立着，好似接到了一个预警。最后，我朝山下走去，曲曲折折地走向我看到的那片树林。

“我避开了挖在斜坡上的一个巨大的人工洞，至于挖它的目的，我完全无法想象，或许是出于为善的欲望，给这些犯人们找点事做，这些我无从得知。紧接着，我差点儿掉进一条窄窄的沟壑里，那沟壑好似山坡上的一道疤痕。我发现，这个定居点有很多从国外运来的排水管都被倾倒在里面，而且都是断的，应该是被蓄意砸坏的。终于，我到了树下，打算在树荫里走走，但一进到里面，就像进了一层阴郁的地狱。湍流近在咫尺，一个不间断的、始终如一的、奔腾的、急速向前的声响，填满了小树林里忧伤的寂静。在这里，没有任何气息的流动，也没有一片树叶摇晃，却有一个神秘的声音——好似大地已被启动，迈开了撕裂的步履，其响声突然间变得清晰可闻一般。

“在林木之间，黑色的形体或蹲，或躺，或坐，它们背靠着树桩、紧贴着大地，在昏暗的光里若隐若现，以各种各样的姿态呈现着痛苦、放弃和绝望。悬崖上又一声炮响，紧接着，我脚下的大地震颤了一下。工作正在进行。工作！而这里，是一些退下来的工人等死的地方。

“他们在缓慢地死去——这非常明显。他们不是敌人，不是罪犯，好似也已不属于尘世——他们什么都不是，只是一群疾病和饥饿的黑色阴影，杂乱地躺在绿色的黑暗里。他们被以各种法律的形式、不同时长的合同，从沿海深处带到这里，困顿在不相宜的环境里，吃着不熟悉的食物，他们病了，不能更好地工作了，才允许爬到这里休息。这些垂死的形体就像空气一样自由，也像空气一样稀薄，我开始能够辨认出树下面眼睛里的光。然后，低下头，看到手边就有一张脸。与这张脸相连的一把黑骨头，整个地躺着，有一只肩靠着树。慢慢地，他的眼皮抬了起来，深陷的眼睛向上看，看到了我。那双眼睛很大也很空洞，眼球深处有一道白色的、看不见的光，慢慢地熄灭了。那人看上去很年轻——好像还是个孩子——但你们知道，他们这些人很难判断的。我不知道该怎么办，发现口袋里有饼干，是从善良的瑞典船长的船上带来的，就拿了一片给他。他的手指慢慢地合拢到饼干上，抓住了它——就没有别的动作了，也没有再看一眼。他的脖子上，系着一点精纺羊毛——为什么？他从哪里得来的？是徽章——饰品——符咒——还是一种抚慰的行为？究竟有没有什么与之相关的想法呢？这毛线——这么一点儿从海外来的白色线段——系在他黑色的脖子上，颇让人吃惊。

“在同一棵树附近，另有两捆棱角分明的骨头屈膝坐着。一个下巴靠在膝盖上，眼中无物，那样子很吓人，简直让人无法忍受；他的兄弟幽灵般的前额趴在膝盖上，像是被巨大的疲惫击溃了；其他人散布在周围各处，做出各种扭曲和崩溃的姿态，就像画面里的大屠杀或瘟疫。我惊恐地呆立着，其中一个黑影，用手和膝盖撑起了身体，爬着去河边喝水。他用手捧着喝了水，然后在阳光下坐直了身体，小腿交叉在身前。过了一会儿，他蓄着羊毛短发的头垂落到了胸骨上。

“我再也不想在树荫里闲荡了，于是赶紧往驻地走去。快到那些房屋的时候，我遇到了一个白人。他的打扮是如此出人意料地高雅，让我一开始把他误认作幻象了。我看到了浆过的高领，白色的袖口，轻便的羊驼毛夹克，雪白的裤子，洁净的丝质领带，锃亮的靴子。他没有戴帽子，且分头梳得纹丝不乱，还抹了油；头上撑着一把绿色镶边的遮阳伞，一只白色的大手握着伞柄，耳朵上夹着支笔杆。他真的令人难以置信！

“我跟这位先生握了手，得知他是公司的主管会计，公司所有的账目都是出自他手。他说到外面来‘透透气’，这听起来有些怪异，好像意味着经历了久坐不起的办公生活。我完全可以不向你们说起这个人，只是，我正是从他口中，第一次听到了那个人的名字。而那个人，与我那段时间的记忆密不可分。此外，我尊敬这伙计。是的，我尊敬他的领子，他巨大的袖口，他一丝不乱的头发。他的样子，无疑是美发师的模特，但是，在这个充满堕落气息的地区里，他保持了自己的仪表，展现了他的骨气！他浆过的领子、精致的衬衣前身，是品格的表现！他到这里已经快三年了。后来，我忍不住问他，是如何做到能穿着这种亚麻衬衣的。他脸上微微泛起红晕，谦虚地说：‘我一直在教驻地附近的一个土著女人，很难，她讨厌这活。’瞧，这个人实实在在地成就了一件事。而且，他也勤于自己的账簿，码放得井井有条。

“驻地其他的一切都一团糟——主管，物件，房子。成串的黑人，打着八字脚，风尘仆仆地赶来，然后离开。流水般的人造货物被送到黑暗深处，比如：质量低劣的棉布、玻璃珠、铜线，换回的是源源不断的珍贵的象牙。

“我得在驻地等十天——遥遥无期。我住在院子的一间小屋里，但是，为了避开纷扰，有时也会去会计的办公室。办公室是用平行的板条搭建的，十分简陋，会计俯身在高高的桌边时，从脖子到脚跟都是一条条窄窄的阳光。如果想看外面，都不用打开大大的百叶窗。办公室里也很热，大苍蝇恶魔般地嗡嗡叫着，它们不是叮人，而是戳人。我一般坐在地板上，仪表完美的会计（有时甚至稍稍抹了香水）坐在高高的凳子上，写啊写啊……他有时会起身锻炼一下。一张躺着病人的矮床（是从内陆运来的生病的代理）被抬了进来，他表现出温和的气恼——‘这人的呻吟让我分神。’他说，‘在这种气候里，即使没有打扰，也很难把账记对。’

“有一天，他头也没抬地评论说：‘在内陆，你一定会遇到库尔茨先生。’我问库尔茨是谁，他说是位一流的代理。看到我对这个解释失望，他放下笔，慢吞吞地说：‘他非同凡响。’我从进一步的询问中得知，库尔茨先生目前负责的贸易站，是非常重要的一个，位于真正出产象牙的地区，在‘那里的最深处。他送回来的象牙比其他所有站加起来都要多’……说完，他重新记起账来。病人病得太重，呻吟也没有了。在寂静里，苍蝇的嗡嗡声愈发响亮。

“突然，传来渐强的低语声，还有很大的脚踩地的声音。一个商队走进了驻地，嘈杂、粗鲁的声音在办公室外突然响起。所有的脚夫都在一起嚷，在这喧闹中，能听到总代理眼含泪水、可怜巴巴地说：‘不管了！’这已经是他当天第二十次这么说了……主管会计慢慢地站起身，说：‘多可怕的吵闹！’他温和地走过房间，去看病人，又转身回来，对我说：‘他听不到。’‘什么！死了？’我问道，很惊讶。‘不，还没。’他回答，极为镇静。然后，甩了甩头，暗指院子里的吵闹声：‘当人要把账目记对的时候，就开始憎恨这些野蛮人——往死里恨他们。’他沉思了片刻，继续道：‘你见到库尔茨先生的时候，替我告诉他，这里的一切——’他看了一眼桌上。‘都非常令人满意。我不想给他写信——我们的这些信使……你永远都不知道谁会拿到你的信——尤其是在那个中心站。’他温和、稍凸的双眼盯着我看了一会儿，又继续道：‘噢，他会走得很远，非常远。不久，他就会是总部的大人物。他们，上面那些人——欧洲的委员会，你知道的——想让他走得很远。’

“他回到了自己的工作中，外面的吵闹声也停止了。就在要出门的时候，我停了下来。在苍蝇不停的嗡嗡声中，要回家的代理满脸通红地躺在那里，不省人事；另一个人，俯身在他的账簿上，在为完美无瑕的交易做着毫无瑕疵的账目；而在距门阶五十英尺的下方，我能看到死亡树林静止的树梢。

“我终于离开了驻地，带着六十人的商队，踏上了两百英里的艰难旅程。

“就此，告诉你们太多也无益。小路，小路，到处都是小路；脚踩出来的小路形成了一张网，遍布在空旷的大地上，穿过长长的活着的草、烧毁的草，穿过灌木丛，走下再爬上阴冷的沟壑，爬上再走下热得着火的石头山；孤单，孤单，寥无人烟，连间草屋都没有，所有的居民早就离开了。好吧，让我们设想一下：如果有很多神秘的黑人，装备着各式各样的可怕武器，突然行走在迪尔[①]到格雷夫森德的路上，到处抓庄稼人为他们运送重物，我猜想周围农场和村舍会很快变空的。只不过在那里，不仅人，连住的地方都没有了。尽管如此，我仍然经过了几座废弃的村庄，荒废的草墙带着几分可怜的稚气。一天又一天，我身后是六十双赤着的脚，每双都承受着六十磅的负荷。扎营、做饭、睡觉、拔营、行进。偶尔，有死在路上的脚夫，长眠在路边茂盛的草丛里，身边还放着他的长棍和空的装水葫芦，道路周围和上空是一片沉寂。或许，在某个安静的夜晚，会有远方震颤的鼓声传来，它时而下沉，时而昂扬，巨大而缥缈；它怪异、魅惑、狂野而富于暗示——或许像欧洲国家的钟声一样，饱含深意。有一次，我们遇到一个穿制服的白人，有一队瘦削的、配备着武

① 位于英国多佛区的一个小镇。

装的桑给巴尔[①]人给他做护卫，在路边扎营。他身上的制服敞开着，非常好客、乐呵——且不说他是否喝多了。正在负责道路的养护，这是他对自己工作的解释。真不能说我看到过什么道路，或是道路的养护，除非指的是前方三英里的地方，那具中年黑人的尸体，它前额上还留着一个弹孔；我绝对是被那具尸体绊倒的，或许就是它，被看作是对道路永久的改良吧！行程中，我有一个白人同伴，他人不坏，但肉太多，而且有个令人恼怒的习惯：一到炎热的山坡就晕倒。他晕倒的地方，往往离最近的树荫或水源还有几英里远。你们知道，把自己的夹克像遮阳伞一样撑着，等待一个人苏醒过来，是件多烦人的事。有一次，我忍不住问他，干吗要到那里去？'赚钱啊，这还用说！你以为呢？'他轻蔑地反驳我。后来，他得了热病，要用一个吊床挂在一根杆子上，抬着他走。但他重达十六英石[②]，为了抬他，我得不停地跟脚夫们争吵。没人愿意抬，他们会擅自跑掉或者趁晚上的时候，带着自己运送的东西逃跑——简直是叛乱。于是，有一天晚上，我用手比画着，用英语做了一番演讲，面前的六十双眼睛盯着我，没有一句是他们领会不到的。第二天早上上路时，我让吊床走在前面。一开始还算顺利，但一个

① 是今天坦桑尼亚的一个组成部分，旧时其国人多作殖民的雇佣兵，也曾参与奴隶贸易。

② 1 英石等于 14 磅。

小时后，我发现病人被整个扔在了矮树丛里——人、吊床、呻吟、毯子、恐惧。重重的杆子擦破了他鼻子上的皮，他气急败坏，想让我杀掉一个人出气，但是附近连脚夫的影子都没有。我想起了那个老医生——‘从科学的角度来讲，在现场观察个体的精神变化会很有趣’。我觉得自己从科学的角度看，变得有趣起来。然而，这有什么用呢？第十五天的时候，我们再次看到了大河，我蹒跚着走进了中心站。它十分荒僻，被矮丛和森林包围着：一面是发臭的河泥做的边界，另外三面由疯长的草木做了围栏，一处无人打理的缺口充当了大门。一看到这个地方，人就会明白：是那个软弱的恶魔操纵着整个演出。白人们手里拿着棍子，无精打采地从屋子里出来，走上来看我一眼，然后就消失不见了。他们中有个留着小胡子的人，是个肥胖、易激动的家伙。我一告诉他自己是谁，他就非常流利地，拐了很多弯、抹了很多角地告诉我:我要掌管的蒸汽船在河底,我像被雷劈了一样。什么？怎么？为什么？哦，那‘没什么’。‘经理本人’当时在场，一切都是按规矩来的。‘每个人都表现得极好！出色极了！’——‘你得——’他焦虑地说，‘马上去见总经理。他在等！’

“我没有即刻看到船失事的意义，但我猜现在看到了，虽然仍不确定——一点都不确定。当然，这事太蠢了，完全不合情理——每当想起它，我就有这样的感觉。尽管如此……但在当时，它只是一件让人讨厌的烦心事。船沉了。就在我们到达的两天前，他们突然急急忙忙地出发，沿河而上，经理也在船上。有人自告奋勇地当船长，开了船。但他们出发不到三小时就撞上了石头，撞破了船底，她沉到了靠近河南岸的地方。我自问：既然船都没了，我还在那地方干什么？事实上，只是把船从河里捞上来，就够我忙的了。第二天我就着手打捞，先把船捞上岸，再把残片运回总站，加上维修，前后用了几个月。

“我和经理的第一次见面，有些古怪。当天早上，我已经走了二十英里，但见面的时候，他都没让我落座。这个人肤色一般，相貌一般，风度一般，声音一般。他中等身材，体格也一般。他的眼睛是普通的蓝色，但出奇地冷漠，他确实能让自己的目光像斧头一样锋利地、重重地落到人身上。但即使在这样的时刻，他整个人的其余部分，都像是在表明他没有该意图。另外，他的嘴唇会做出一个轻微而难以形容的表情——一个微笑——又不是一个微笑——我记得他那样子，但解释不了。这个微笑是不自觉的，尽管就在他说过某事之后，这笑容会瞬时得到加强；它一般出现在一句话的末尾，就像一个印盖在了他所说的话上，让最普通的词都显得讳莫如深。他是个普通商人，年轻时就受雇于该地——仅此而已。大家都听他的，但是，他既激不起别人的爱，也激不起别人的怕，甚至连尊重都没有。他激起的是不安。就是它！不安。不是一种明明白白的不信任——只是不安——没有别的。你们很难想象这样一……一种……能力多么有效。他没有组织、创新甚至是保持条理的能力，这些从总站糟糕透顶的状况就看得出来。他没有学问，也没有智识。他的职位不过是落到了他的头上——为什么？或许是因为他从不生病……他在那里已经服务了三个三年……在身体状况普遍溃败的情况下，健康本身就是一种力量。他回国度假时，会大肆挥霍——非常傲慢，类似于'上岸的水手，一醉方休'——即使两者有差异，那也只是表面的不同。这些，可以从他的闲谈中窥探一二。他毫无新意，但能按惯例行事——仅此无他，但他又是了不起的。他了不起的地方，在于一个很小的点，但别人说不出：是什么有能力控制着这样一个人？这个秘密，他从不泄露。或许他是个空壳，身体里什么也没有。这种怀疑让人心生迟疑——因为远在那里，没有办法借助仪器从外部来检查他。有一次，各种热带病几乎把总站所有的代理都撂倒了，有人听到他说：'来到这里的人，不应该有内脏。'然后，他就用自己的那个笑容为这句话封缄，仿佛他掌管着一扇通往黑暗的门，你正以为自己看到了什么——但口却封上了。在用餐时，白人们会为此争个先后，吵闹不休，他觉得厌烦，于是让人做了一个巨大的圆形桌，并且为此专门建了一间屋子，这就是站里的会餐室。他坐的地方是主位——其他的则没有次序；能感觉到，这是他无法变更的信念。他既不友善，也不粗鲁，但很安静。他允许自己的'童子'——一个从海边来的过度喂食的黑人男孩——在他眼皮子底下，用惹人恼怒的傲慢态度对待白人。

“他一见到我就开始说，说我在路上耽搁得太久了，他无法再等，只得在没有我的情况下出发，上游的站点需要人员接替。已经耽误了那么久，他不知道谁死了、谁还活着、他们的状况如何——等等，等等。对于我的解释，他置若罔闻。他手里摆弄着一根封缄蜡条，重复说了好几次形势‘非常严峻，非常严峻’。有传言说，一个非常重要的站点处境危险，站点的主管库尔茨先生病了，希望这都不是真的。库尔茨是……我又累又烦，心里想：该杀的库尔茨！我打断了他，说在沿海听说过库尔茨。‘啊！这么说，下游的人在谈论他。’他自言自语道。然后又开始讲，向我保证说库尔茨是他最好的代理，一个不同凡响的人，对公司来说至为重要，因此我应该理解他的焦虑。他说，他‘非常非常不安’。的确，他坐在椅子上，很焦躁，大声喊道：‘啊！库尔茨先生！’顺手掰断了封缄的蜡条，又好似被这个事故惊呆了。接下来他想知道的是‘要用多久来……’，我再次打断了他。你们知道，我很饿，还一直站在那里，开始变得凶狠起来。‘我怎么知道？’我说，‘我还没见到残骸呢——肯定得几个月。’整个谈话让我觉得毫无意义。‘几个月。’他说，‘好吧，假定我们再次出发要三个月。是的，这应该够了。’我冲出了他的屋子（他独自住在一个黏土小屋里，这小屋有个类似外廊的部分），自言自语地咕哝着对他的看法——他是个饶舌的白痴。然而，后来我收回了这话，因为我震惊地意识到，他是多么精密地预测了‘这事’所需要的时间。

“第二天，我就着手于工作，可以说是不用跟那个站打交道了。对于我来说，好像只有这样才能把握住能救赎生活的一些事实。尽管如此，人有时候还需要环顾四周，然后我就看到这个站，那些人在阳光下的院子里，漫无目的地游荡。有时候我问自己：这一切意味着什么？他们手里握着可笑的长长的棍子，四处走动，就像一群已经着了魔的没有信仰的朝圣者，被围困在腐朽的栅栏里。‘象牙’这个词弥漫在空气里，弥漫在人的低语和叹息里。你可能会觉得他们在对着它祷告。一丝愚蠢贪婪的气息吹拂着一切，就像腐尸散发的臭味。天啊！我这一生，从未见过如此不真实的事。在外面，静默的荒野包围着大地上这一片被清理过的地方。荒野给我的印象是巨大而不可战胜的，就像邪恶或者是真理，耐心地等待着这异想天开的入侵成为过往。

“哦，那几个月！好吧，没什么，发生了各种事情。站里有个草棚，里面塞满了白棉布、花布、玻璃珠，还有些我不知道的东西。一天晚上，它突然着火了。火势之迅猛，让人觉得好像大地都要裂开了，要让一场复仇的大火吞没那些垃圾。我在被拆卸的船边，静静地吸着烟斗，看到他们都把手臂举得高高的，在火光里山羊般地跳跃着。这时，那个留着小胡子的胖子手里提着一个锡桶，冲到河边来，向我担保说每个人都‘举止得当，得当极了’。他打了大概四分之一桶的水，又冲了回去。我注意到，他的桶下面有个洞。

“我踱步向前，没有什么可着急的。那东西像盒火柴一样，一下子就着了起来。从一开始，就不可救药了。火蹿得很高，逼得每个人后退，把一切都照亮了——然后火苗萎落在地。草棚早就成了一堆灰烬，发着火红的光。旁边，有个黑人在挨打。他们说是他把火引着的；就算是这样，他的惨叫也异常可怕。后来，我看到他一连几天都坐在一点荫凉里，非常虚弱，并在尝试着恢复健康。再后来，他站起来走了出去，荒野悄无声息地把他带回了自己的怀抱。我从暗处走向火场时，发现自己站到了两个人的身后，他们正在交谈。我听到了库尔茨的名字，然后是这样的话，‘利用这次不幸的事故’。其中一个人是经理，我跟他道了声‘晚上好’。‘你见过这样的事吗——嗯？不可思议。’他说道，然后走开了。另一个人没动，他是个一级代理，年纪轻轻，一副绅士派头，鹰钩鼻，留着小山羊胡，有些少言。他和其他代理保持着距离，他们说他是经理的间谍，负责监视他们。而我，之前几乎没有跟他交谈过。我们搭上了话，慢慢离开了被烧毁的草棚，它仍在嘶嘶作响。接着，他邀请我进屋。他的屋子是站里主建筑中的一间，他擦了根火柴，我才发现这位年轻的贵族不仅有一个嵌银的镜匣，还一个人拥有整根蜡烛。在那时，经理是唯一被认为有权利支配蜡烛的人。泥墙上贴着当地的草席；标枪、长矛、盾牌、匕首挂在墙壁上，作为战利品陈列着。委任给这位年轻人的工作是制砖——至少别人是这么告诉我的，但是站里任何地方都没有砖的影子，而他已经到了一年多——一直在等，就好像因为没有某件东西，他无法做砖一样，但我不知道缺的是什么——有可能是稻草。不管怎么样，当地是没有稻草的，也不可能从欧洲运来，因此我想不明白他究竟在等什么。或许，是在等进化的特例。然而，他们都在等——所有的十六或者二十个朝圣者——都在等待着什么，而且，我敢保证，从他们应对的方式来看，这份等待并非不适宜，他们等来的只有疾病——至少我看到的是这样。他们用一种愚蠢的方式相互中伤，彼此暗算，以此消磨时光。站内充斥着阴谋的气息，当然了，皆为虚幻，并无实收。这和其他一切同样地不真实——比如，公司要做慈善的幌子、他们的谈话、他们的政府、他们对工作的炫耀等等。唯一真实的感受就是欲望，想要被指派到一个贸易站的欲望——一个可以得到象牙、赚取提成的地方。为此，他们密谋、诽谤、憎恨彼此——但要切实抬起一根小手指——哦，绝不。天啊！这世上毕竟有某样东西，它允许有人偷一匹马，却不允许其他人看一眼缰绳。直接偷一匹马，很好，或许有人这么做了。那么，他可以骑上马。但是，有一种看缰绳的方式，会让最慈悲的圣人提脚踹人。

“我完全不明白，他为什么要跟我交好，但在交谈的过程中，我突然意识到这家伙有所图——事实上，他是在套我的话。他不断提到欧洲，提到那些他以为我会认识的人——首当其冲地，询问墓穴之城里与我相熟的人等等。他的小眼睛像云母盘一样闪着光——带着好奇——尽管他试图保有一点傲慢。一开始，我很震惊，但很快变得非常好奇，倒想看看他能从我这里套出什么。我想不到自己身上能有什么，值得他费这番工夫。看到他如此徒劳费力，我觉得好笑。而实际上，我只是浑身发冷，满脑子除了那可怜的船，什么都没有。显然，他把我当成了一个支支吾吾的无耻之徒。最后，他终于愤怒了。为了掩饰恼怒、厌烦的动作，他打了个哈欠。我站起身。这时，看到了一小幅嵌在画框上的油画。画中是一位女子，穿着褶裙，蒙着眼睛，举着一把燃烧的火炬。画作背景显得很阴郁——几乎是黑色的。女子举止庄严，火把的光照在她的脸上，制造出一种不祥的效果。

“这幅画吸引了我。那人礼貌地站在一边，举着那根蜡烛，蜡烛插在一个半品脱的香槟（医用）酒瓶上。听我问及，他说是库尔茨先生画的——是一年多前就在这个站里画的——他当时也是在这里等着，想办法去他的贸易站。‘求你了，告诉我，’我说，‘这位库尔茨先生是谁？’

“‘腹地贸易站[①]的主管。’他简短地回答我，眼睛看着别处。‘多谢。’我笑着说，‘而你，是中心站的制砖人，这谁都知道。’

① The Inner Station。“腹地贸易站”的译法来自王松林先生。

他沉默了一会儿，终于说道：‘他是个奇才，是怜悯、科学、进步——鬼知道还有什么——的使者。为了领导欧洲交付给我们的事业——’他突然慷慨激昂地说：‘我们需要，譬如说，更高的智识、更宽广的同情和一门心思的赤诚。’‘这是谁说的？’我问他。‘很多人。’他回答，‘有些人甚至还这样写过。这就是为什么他来到了这里，一个卓异的人，这你应该知道。’‘为什么我应该知道？’我非常惊讶，打断了他。他置若罔闻。‘是的。今天他是最好的贸易站的主管，明年他就是经理助理，再过两年……但我敢说你知道他两年后会是什么，你属于新派——美德派。那些特意派他来的人，也推荐了你。噢，不要说不是这样的。我信得过自己的眼睛。’我恍然大悟。我可亲的舅妈的那些有势力的熟人，在这个年轻人身上产生了意想不到的效果。我差点儿爆笑出来。‘你读了公司的机密信件？’我问道。他无言以对，这太有趣了。‘如果库尔茨先生，’我狠狠地继续道，‘成了总经理，你不就没机会了？’

“他突然吹灭了蜡烛，我们走了出去。月亮升了起来，黑色的人影焦躁地游荡着，往红红的火堆上泼水；火堆发出嘶嘶的声响，在月光下冒出蒸汽，被打的黑人在某处呻吟着。‘这畜生出了多大的动静！’不知疲倦的小胡子说，出现在我们近前。‘他活该！犯罪——惩罚——砰的一声！不必留情，不必留情。只能如此。这会防燃于未来。我正跟经理说……’他看到了我的同伴，突然变得垂头丧气。'还没休息呢，'他带着一种卑躬屈膝的热情说道，'这很自然。哈！危险——不安。'他突然不见了。我继续走向河边，那个人跟着我。我听到耳边尖刻的低语声：'成堆的皮手筒——去拿。'能看到朝圣者们三五成群地聚在一起，比画着，讨论着，有几个人手里还握着棍子。我敢肯定，他们会带着这些木棍睡觉的。在围栏之外，森林在月光下如幽灵般地耸立着。感受着模糊的微微拂动，倾听着那可怜的院子里微弱的声响，好似整个大地的静默走进了人心的深处——它的神秘，它的广袤，它的隐蔽而惊人的存在。受伤的黑人在附近某个地方虚弱地呻吟着，然后深深地叹了一口气，这使我加快了步伐，离开那个地方。我觉出有一只手伸到了自己腋下，那人说：'我亲爱的先生，我不想被误解，尤其不想被你误解，因为你会在我之前，早早见到库尔茨先生。我不希望他对我的性情有不正确的看法……'

"这个纸糊的梅菲斯特[①]，我任由他说。在我看来，如果试着把食指戳向他，会发现里面除了一点松散的灰土，空空如也，这是有可能的。你们难道不明白吗？他打算一步步地做到总经理的副手。我看得出，库尔茨的到来给他们两个造成了不小的困扰。他勇猛地诉说着，而我，也没想阻止他。我靠在船的残骸上，她像一只巨大河兽的尸体，被拖到了岸边。泥土的气息，天啊！原始泥土的气息，在我的鼻孔里，静谧高大的原始森林在我眼前，

① 引诱人类堕落的恶魔，为地狱之王路西法效忠。

黑魆魆的河面上有一片片的闪光，月亮为一切洒落了一层薄薄的银色：它洒在杂草上，河泥上和扭结在一起的植被所形成的高墙上——这墙耸立着，它高过了庙宇的围墙——还洒落在这条大河上。透过一个昏暗的缝隙，我能看到月光在大河上闪烁着、闪烁着，大河浩浩荡荡地流过，悄无声息。这一切都博大、静默、让人有所期待，而那个人，无聊地谈论着他自己。我在想，在这广袤大地的表面，是一片无声的寂静；这寂静看着我们两个人，它的注视意味着恳求还是威胁？我们这些游荡至此的人是谁？我们能掌控这无声的一切吗？还是它会掌控我们？我感觉到，这不能说话的东西无比巨大，巨大到让人无法忍受，而它可能还是聋的。那里面有什么呢？我能看到有些象牙从里面流出，我听说库尔茨先生也身处其中，而且，就此我已经听得够多了——老天知道！然而，不知为什么，我并没有从中得到什么意象——就像我被告知有天使或魔鬼在那里面，而天使或魔鬼的样子，并没有在我的头脑中形成具体的形象。我相信它，就像你们有人可能相信火星上有居民。我曾经认识一个苏格兰的补帆匠，他十分确信，火星上有人。如果你问他，那里的人长什么样，行为举止怎样,他会害羞,咕哝着说什么‘四肢爬行’。如果你笑了,他会——尽管六十岁的人了——提出要跟你决斗。我倒不至于为了库尔茨决斗，但却几乎为他撒了谎。你们知道我憎恨、讨厌、无法忍受谎言，并不是因为我比别人正直，而是谎言让我厌恶。谎言里有死亡的味道和腐朽的气息——这正是这个世界上我憎恨和讨厌的东西——也是我想忘记的东西。它让我觉得痛苦和恶心，就像咬到了腐烂的食物一样，我想是因为个性。好吧，就我在欧洲的影响，让那个年轻的傻瓜相信任何他愿意想象的事情吧！但这样做，我便接近了谎言，一瞬间，我也像那些鬼迷心窍的朝圣者一样虚伪了。你们知道吗？我这么做，只是因为有个想法，觉得这样或许会帮到那个库尔茨，尽管我当时还没见到他。他对于我来说，只是个名字。像你们一样，我也没见过叫这个名字的人。你们看到他了吗？你们看到其中的故事了吗？你们看到任何东西了吗？对于我来说，像是在试着讲一个梦——一个徒劳的尝试，因为对梦的讲述无法传达梦里的感觉，那种荒诞、惊讶和慌乱在挣扎反抗的震颤中搅在一起，那种被难以置信的东西攫住的感觉，而这些，正是梦的实质……”

他沉默了一会儿。

“……不，不可能；不可能传达一个人在生存的某个片刻的生命感——那构成生存真相、生存意义的生命感——生存微妙而深刻的本质。不可能。我们生存，一如我们做梦，——孤身一人……”

他又停下了，像是在思考，然后补充道：

“当然了，就这一点，你们几个伙计所能看到的，比我当时看到的要多，因为你们看得到我，一个你们知道的人……”

天已经黑得伸手不见五指，我们这些倾听的人几乎看不到彼此。已经有很长一段时间了，独坐一处的他，对于我们来说，只是个声音而已。没有人再吐出一个字。其他人有可能睡着了，但我是醒着的。我在听，守候着每个词、每句话，这些词句会给我线索，来领会这个讲述所激起的淡淡不安，而这个讲述，好似在泰晤士河浓重的夜空里，不经人的嘴而独自形成。

“……是的——我由着他说，”马洛又开始了，“让他按自己喜欢的，去想象我身后的那些权势。我这么做了！可我身后什么都没有！什么都没有，只有那艘我倚靠着的、可怜的、年久的、残破的汽船，而他，滔滔不绝地说着‘每个人往上爬的需要’。‘你知道，一个人来到这里，不是为了赏月。’库尔茨先生是个‘全才’，但即使是天才，也会发现，如果有‘足够的工具——智慧的人’，工作起来会容易得多。他没有造砖——为什么？有个物质层面的阻碍使之不可能——对此，我很清楚；如果他为经理做秘书工作，是因为‘不明智的人会肆意拒绝上级的信任’。我明白了吗？我明白了。我还想要什么呢？我真正想要的是铆钉，老天！铆钉。用来堵住那个洞，用来把工作推进下去。铆钉是我想要的。在沿海，有整箱整箱的铆钉——堆成一堆——挤爆了箱子——撑裂了箱子！在山坡上公司驻地的院子里，你每走一步都会踢到散落的铆钉。铆钉滚落到死亡树林，你只要弯一下腰，就可以把口袋装满——而在需要它们的地方，一个都找不到。我们有可以用的金属板，但没有固定它们的东西。每个星期，那个高高的黑人信差，肩上搭着装信的口袋，手里提着棍子，离开我们的站到沿海去。而每个星期也都有几支沿海商队带着交易的货品到来——有亮得吓人的印花棉布，看一眼都会让人打战，有每夸脱[1]一便士的玻璃珠，还有印着混乱花纹的棉手帕。就是没有铆钉！事实上，只要三个脚夫就能带来足够的铆钉，那艘汽船就能浮起来。

“他变得神秘起来，而我并不回应他。我猜，这种不回应的态度终于激怒了他，因为他断定有必要告诉我，他既不怕神，也不怕鬼，更不用说区区的人了。我说，这我看得很清楚，但我需要的是一定数量的铆钉——而铆钉也是库尔茨先生真正想要的，如果他知道这件事的话。既然每个星期都有发往海岸的信……‘我亲爱的先生，’他喊道，‘我只是照着经理的话写。’我坚决地要铆钉：一个聪明人——总会有办法。他改变了自己的态度，变得非常冷漠，突然开始谈论一只河马，想知道睡在汽船上（我跟打捞上来的船，日夜不离），我没被打扰到吗？有一只老河马，它有个坏习惯，喜欢晚上的时候爬上岸，在总站的地盘上逛荡。朝圣者们曾经全体出动，用他们能够找到的所有的来复枪，朝着它射出所有的子弹，甚至有人整夜不睡去蹲守它，但所有的这些努力都白费了。‘那只动物受神灵保佑。’他说，‘但是，只有这

① 1 夸脱约为 0.95 升。

个地方的野兽可以。没有人——你听明白了——这里没有谁的生命是受神灵保佑的。’他在月光下站了一会儿，精致的鹰钩鼻稍稍歪斜着，云母般的眼睛发着光，然后，简短地道了声晚安，走开了。我看得出来，他的内心受到了干扰——非常困惑，但这也让我感到更有希望了，我很多天以来都没有过这样的感受。离开那人，转向我重要的朋友，是莫大的安慰。我的朋友就是那破旧、扭曲、荒废、不值钱的汽船。我爬上了船，她在我脚下咔咔作响，就像一只‘亨特利和帕尔默饼干’的锡罐被沿着下水道踢着。这艘船造得不坚固，更说不上美观，但是，我在她身上花了足够多的心血，以至于都爱上了她。没有什么朋友能比她更能帮到我。她给了我出来走走的机会——可以看一下我能做什么。不，我不喜欢工作，我更愿意游手好闲，只是幻想所有人都能做的好事。我不喜欢工作——没有人喜欢——但我喜欢工作里包含的东西，即发现自我的机会，那属于你自己的真实——只属于你，无关他人——没有其他一个人能懂，他们看到的仅仅是表象，永远无法说出其中的真正意味。

“看到有人坐在船尾，我并不惊讶。那人坐在甲板上，双腿垂在外面的河泥上，摇晃着。瞧，我更愿意和站里的几个机修工相处，其他朝圣者对他们自然是看不上眼的——我想，大概是因为他们不完美的举止和礼仪。坐在船尾的是机修工们的头——他是锅炉工出身——也是个好工人。这人身材细长，黄脸，瘦骨嶙峋，大大的眼睛里饱含着热切的情感，但样子有些忧虑。他的头秃得像我的手掌一样光滑，但头发在掉落时，好像粘到了下巴上，并且在这个新的位置蓬勃生长，他的胡子一直垂到腰间。他亡了妻子，是六个孩子的父亲（为了来这里，他让一个妹妹照顾他们），他的激情是鸽子。他是个鸽子爱好者，也是个鉴赏家，会热情地谈论它们。工作之余，他有时会从屋子里走出来，来到船上，说说他的孩子，说说他的鸽子；工作的时候，如果需要爬进汽船底部的泥里，他就会用一块专门准备的白色餐巾把胡子绑起来。这块餐巾还有两个圈，可以挂在耳朵上。傍晚的时候，能看到他蹲在河边，非常细心地用河水冲洗裹胡子的布，然后郑重地铺展到灌木上晾干。

“我拍了一下他的背，喊道：‘我们要有铆钉了！’他迅速而吃力地爬起来，好像不敢相信自己的耳朵，大叫道：‘不会吧！铆钉！’然后压低了声音：‘你……呃？’不知道为什么，我们表现得像疯子一样。我把手指放在鼻子的一侧，神秘地点点头。‘你真行！’他喊道，手指在头顶打着榧子，抬起了一只脚，我则跳起了吉格舞。我们在铁甲板上雀跃，船体发出可怕的咔嗒声，河对岸的原始森林把这声音用滚滚的惊雷般的声响发送回来，倾倒在沉睡的总站上，它一定让一些朝圣者们在自己的小屋里坐了起来。一个黑色的人影，挡住了从经理的门廊里射出的光，然后消失了，数秒之后，门廊本身也消失了。我们停了下来，被我们的跺脚声驱散的静谧，又从大地深处流淌回来。繁茂的树干、大树枝、小枝条、树叶、攀缘植物纠缠在一起，立起了植被的高墙，在月光下静立不动，犹如寂静生命肆意地入侵：植物翻滚的巨浪，堆叠而起，戴上羽冠，好像时刻都会塌落到河上，把我们每个小小的人扫除出他小小的存在。墙没有动，但突然爆发出一声巨大的水声和吼声，它从远处向我们传来，如同一条鱼龙在大河里做着月光浴。‘毕竟，’锅炉工用通情达理的语调说，‘我们为什么不能有铆钉呢？’为什么不呢，真是的！我想不到任何我们不应该有铆钉的理由。‘三个星期就能到！’我自信地说。

“三个星期过去了，铆钉没有到。相反，迎来了一次入侵、处罚和探视。在接下来的三个星期里，这些人分批到来。每队人马，都由一头驴带领着，驴子上驮着一个白人，白人穿着白色的新衣服、棕色的鞋子，从驴背上冲着艳羡的朝圣者们左右点头致意。驴子后面，跟着一队吵闹的、脚痛且生着闷气的黑人。很多的帐篷、折椅、锡盒、白色箱子、棕色包裹都被扔到了院子里，笼罩在总站混乱情形之上的神秘气息，又有些许加深。来了五支这样的小分队，他们的样子很奇怪，像是带着从无数服装店、食品店抢劫来的物品，仓皇逃窜；让人觉得，他们是在抢劫之后，把东西拖到了荒郊野外来瓜分。这些东西本身没什么不好，但愚蠢的人把它们乱放作了一团，才让它们有了赃物的样子。

“这支忠诚的队伍称自己是‘理想黄金国探险旅行队’，我相信他们是发过誓的，要保守商业秘密。然而，他们的说话方式，却像卑鄙的海盗：鲁莽却胆小，贪婪又怯懦，凶残但没有勇气；他们这一堆人里，没有任何远见或严肃的意图——他们好似觉察不到，世界上的劳作需要这些东西。他们的欲望，只是从这块土地的内部掠夺财宝，其背后的道德目的，绝多不过闯入藏宝室的窃贼。我不知道是谁来支付这项高贵事业的费用，但是，我们经理的舅舅是这伙人的头。

“看外表，他像个贫民区的屠夫，眼里透着睡眼惺忪的狡黠。他大腹便便，自命不凡，这些都靠两条短腿撑着。在他和同伙们侵扰总站的时候，除了自己的外甥，他不跟任何人说话。你能看到他们两个人一天到晚四处闲逛，脑袋凑到一处，一刻不停地交谈着。

“我已经放弃了，不再担心铆钉的事。一个人应对类似蠢事的能力，比预想的要有限地多。我说：‘见鬼！’——然后就放下了。这样一来，我有充足的时间冥思静想，时不时地，我会想想库尔茨，我对他不感兴趣。不，不感兴趣。尽管如此，我还是很好奇，想看看这个怀揣着某种道德信念的人来到这里，是否会爬到顶层，而一旦到了那里，他又会如何开展工作。”

二

“有天晚上，我平躺在汽船的甲板上，听到有声音渐渐地靠近——是外甥和舅舅在沿河散步。我把头枕在胳膊上，几乎要睡过去时，听到有人像是在我耳边说：‘我像个孩子一样无害，但是，我不想被人摆布。我是经理——不是吗？上面命令我派他到那里，难以置信。’……我意识到两个人站在岸上，就在船头旁边，正好在我脑袋下方。我没动，也没想过要动，只觉得昏昏欲睡。‘这让人讨厌。’舅舅嘟囔道。‘是他自己让总部派他去那里的，’另一个说，‘想要看看他能做什么，于是我就接到了指示。瞧瞧那人有多大的影响力。这难道不可怕吗？’他们两个都同意是很可怕，然后怪异地评论了几句。‘呼风唤雨——一个人——委员会——牵着鼻子’——一些零星可笑的字句战胜了我的睡意，因此，当舅舅再开口时，我几乎完全清醒了。‘气候有可能为你解决这个难题。他一个人在那里吗？’‘是的。’经理回答，‘他让助理顺河而下，给我带了一张便条，大意是：“让这可怜的家伙离开这里，别再费心派这样的人来。我情愿一个人，也不想要你安排给我的人。”这是一年多前的事了。你能想象这样的冒失行为吗？’‘从那以后，送过来什么东西吗？’另一个刺耳地问道。‘象牙，’外甥结结巴巴地说，‘很多——最上等的——很多——非常烦人，从他那里来的。’‘和什么一起来的？’一个沉沉的抱怨声问道。‘发货单！’可以说，这个回答是被发射出来的。然后，两个人都默不作声了。他们在谈论库尔茨。

“这时，我完全醒了，但很舒服地躺着，没动，没有什么诱使我变换姿势。‘这么远，象牙怎么到的？’年长的人低声咆哮着，他好像很恼怒。另一个解释说，是一队独木舟运来的，由一个库尔茨身边的记账员带领着，那人是个英国混血儿。显然，库尔茨本来是想自己回来的，因为腹地贸易站那时已经没有货物和储备了。但是，走了三百英里，他突然决定转身回去，一个人上了一只四个人划的小独木舟，让那个混血儿带着象牙继续顺河而下。两个人好像都很震惊，不能理解有人会做出这样的事。对于库尔茨这样做的动机，他们一头雾水。而我，则好似第一次看到了库尔茨，那是清晰的一瞥：独木舟，四个划桨的野蛮人，孑然一身的白人；他突然转身背对着总部和支援，还有对家的思量；他把脸面向了荒野深处，面向了空荡、荒凉的站点。我不知道他的动机何在，或许他就是一个好人，单纯为了工作而奋不顾身。你们知道，他的名字一次都没被提到过，他是‘那个人’。那个混血儿，据我看，靠着极大的慎重和勇气完成了艰难的旅程，而他从头到尾都被称作‘那个混蛋’。‘那个混蛋’报告说‘那个人’病得很重——没能完全恢复……我下面那两个人这时挪开了几步，在稍远点的地方来回走动。我听到‘军事站点——医生——两百英里——没有消息——奇怪的谣言’。他们又走近了，经理正在说：‘据我所知，没有人。除非是一个流浪商贩——一个讨厌的家伙，从土著人那里弄到象牙。’他们现在谈论的又是谁呢？我从只言片语中了解到，应该是个在库尔茨地区的人，是个经理不认可的人。‘如果不对这样的人杀一儆百，我们就无法摆脱不正当的竞争。’他说。‘一定的。’另一个嘟哝道，‘绞死他！为什么不？任何事情——在这里，任何事情都可以做。我就是要这么说：你要明白，在这里，没有任何人能威胁到你的地位。为什么呢？因为你受得住这里的气候——你比他们活得都久。危险在欧洲，但我离开的时候已经——’他们走开了些，彼此耳语，然后声音再次响起：‘一系列不寻常的拖延不是我的错，我做了自己能做的。’胖子叹了口气说，‘这非常让人难过。’‘他的话有毒而且荒谬，’另一个继续道，‘他在这里的时候就让我烦得够呛。“每个站点都应该像路上的明灯，指向好的事物。当然了，它也是贸易的中心，但更要传播文明，改善境遇，教导民众。”你能想象吗——那头驴！而且，他想做经理！不，是——’说到这里，他极度气愤，语噎了。我把头抬高了一丁点儿，惊讶地发现他们离得那么近——就在我下面，我都能往他们的帽顶上吐痰。他们盯着地面，陷入了沉思。经理在用一个小树枝抽打着腿，他睿智的亲戚抬起了头。‘你这次出来后，身体没问题吧？’他问道，另一个被吓了一跳。‘谁？我吗？如有神佑——如有神佑。但其他人——哦，老天！都病了。而且，死得很快，我都来不及把他们送出去——难以置信！’‘嗯，确实如此。’舅舅嘟囔道。‘啊！我的孩子，相信这个——听我的，相信这个！’我看到他伸出一只短短的胳膊，做了一个手势，把森林、水湾、淤泥、大河都囊括在内——好像对着太阳照亮的大地，用一个屈辱性的夸张动作发出阴险的请求，向潜伏的死亡、隐蔽的罪恶、大地之心深沉的黑暗发出请求。他的举动如此惊人，我一下跳了起来，回过头去看森林的边缘，好像期待着这番对信心的黑色展示会收到某种形式的回应。你们知道，人有时候会有些愚蠢的想法。高耸的静谧带着不祥的忍耐，面对着这两个人，等待着一场异想天开的入侵归于过往。

“他们一起发出了大声的诅咒——我想是出于纯粹的恐惧——然后，装作一点都不知道我的存在，转身向站内走去。太阳西垂；两个人肩并肩，身体往前倾，就像痛苦地拖着两个长短不一、怪诞的影子上山，这影子拖在他们身后，慢慢地拖过高高的草丛，但没有压弯一根草。

“没过几天，‘理想黄金国探险队’走入了耐心的荒野；荒野将他们包裹，如同大海淹没了一个潜水者。很久之后，有消息传来，所有的驴子都死了。而对于那些不那么珍贵的物种及其命运，我一无所知。无疑，他们会像我们一样，得到自己应得的。我没有问。当时，想到很快要见到库尔茨了，我异常兴奋。很快，也只是相对而言。我们从水湾出发，到库尔茨站下面的河岸，足足用了两个月。

“沿着那条河逆流而上，如同穿越到了世界最初的时候。那时，植物在地球上疯长，大树是丛林之王。空空的河道，巨大的沉寂，不可穿越的森林，温暖、黏稠、沉重、呆滞的空气。光芒四射的太阳不能带给人欢乐。长长的河道延伸着，无人问津，一直深入到远处林木交荫的昏暗里。在岸边银色的沙滩上，河马和鳄鱼一起晒着太阳。宽广的河水流过成群的被林木覆盖的小岛；在这条河上，你会像在沙漠里一样迷路，一天到晚都有可能触到浅滩，时时刻刻需要寻找航道，直到你觉得自己像着魔了一样，永远地和你曾经知道的一切断了联系——它们在某处——遥远的地方——或许是在另一种存在里。有时，也会偶尔想起过往，就像在你没有一刻闲暇的时候，间或会想起的那样。但是，想起来的过往，像一场疲惫而嘈杂的梦。身处在这个植物、水和寂静的陌生世界里，被它们构成的现实所包裹，会带着惊奇回忆从前。然而，这种静态的生活，一点都不宁静，而是源于一种无法和解的力量，它像是在郁闷地思索着一个无法参透的意图，它用复仇的样子看着你。后来，我习惯了，不再理会它，其实是没有时间去理会。我得一直猜测航道；我得识别隐蔽河岸的迹象，多数是靠灵感；我警觉着潜藏的石头；我学着在心脏飞出去之前，'咔嗒'一下咬紧牙齿，弄得嘴巴生疼，这往往是在侥幸掠过了一个地狱般的、狡诈的、根深蒂固的障碍物之后，而这个障碍物能一下撕开这条廉价汽船的底，淹死所有的朝圣者；我得留心枯树的迹象，晚上劈好，做第二天的木柴。当你得管好这些事的时候，仅仅是管好这些表层的事务时，现实——现实，我告诉你们——消退了，而内在的真相隐藏着——万幸，万幸，但我同样能够感受到它，我经常感觉到它神秘的寂静在注视着我，看我的猴子把戏，就像它看着你们这些伙计们走在各自的钢丝上——表演的是什么呢？翻个筋斗半克朗[①]——"

"马洛，客气点！"有个声音低声咆哮道，我知道除了我，至少还有一个听众是醒着的。

"我请求你的原谅，我忘记了还有心痛——它构成了剩余部分的代价。的确，如果把戏耍得好，付出的代价又算什么呢？你们把戏耍得很好，我耍得也不赖，因为我没有在第一场旅行里就沉了那艘船。直到现在，我还觉得是个奇迹，就像一个蒙着眼睛的人，在一条糟糕的路上开一辆货车。我跟你们说，为了这件事，我没少出汗、打冷战。毕竟，对于一个水手来说，如果他掌管的这应该浮在水上的东西，底被刮了，那是个不可饶恕的罪过。大

① 英国过去的币制，一英镑等于四克朗，一克朗等于五先令，一先令等于十二便士。

概别人无法知道，但你永远忘不了当时的心跳——呃？那对着心脏的重击。你记得它，你梦见它，你半夜醒来想着它——哪怕是在很多年之后——一想到它，你仍然会浑身热一阵，冷一阵。我不会伪称那汽船始终漂浮着，不止一次，她得有人推一把，会有二十个食人族的人拍打着水，推她。我们沿途招募了一些这样的人，做我们的船员。尽管来自食人族，但他们是很好的人。他们是可以一起工作的人，我很感激他们。毕竟，他们没有当着我的面吃掉彼此，他们带来了一些河马肉，后来腐烂了，这使得荒野的神秘在我的鼻孔里发出腐臭味。噗！我此刻仍能闻到。船上有经理，还有三四位朝圣者，都带着他们的棍子。偶尔，我们会碰到一个站点，紧靠在岸边，紧抓着未知丛林的裙裾，会有白人从摇摇欲坠的棚屋里冲出来，做着非常夸张的手势，表达着欢欣、惊讶和欢迎，但他们看上去很奇怪——像是被咒语囚禁在了那里。'象牙'这个词会在空中回响片刻——而后，我们继续向前，再次行驶进寂静里，沿着空荡荡的河段，绕过静止的河湾，行驶在弯曲河道的高高的两墙之间，船尾明轮沉闷的敲击声空空地回响着。树，树，数百万棵的树，巨大、魁伟、直入云霄；在它们脚边，紧贴着河岸，逆着河水，爬行着那艘肮脏的汽船，就像一只行动迟缓的甲虫，爬行在高大柱廊的地板上，这让人觉得很渺小、很迷茫，但那种感觉也不完全是令人沮丧的。毕竟，虽然渺小，但那污秽的甲虫是向前爬行着的——而这，正是你想让它做的。朝圣者们想象着它爬向哪里，我不知道。我想应该是去往某个地方，一个他们可以从中获得什么的地方。对于我来说，它爬向库尔茨——只此而已。但是，当蒸汽管开始漏气时，我们爬得很慢。河段在我们面前打开，又在我们身后合上，就好像森林悠闲地跨过了河水，阻断了我们回程的路。我们越来越深入到黑暗的中心，那里非常寂静。有时候，在夜晚，树帘后面的鼓声浪潮般涌动而来，逆河而上，浅浅地在那里持续着，好似一直在我们头顶盘旋，直到黎明的第一道曙光出现。它意味着战争、和平还是祷告，我们无从得知。清凉的宁静袭来，成为清晨的先导。劈柴的人睡了，他们的火渐熄；火中一根小树枝的断裂吓人一跳。我们是史前地球上的漫游者，这样的地球像个未知的星球，它好似是一份受到诅咒的遗产，而我们以为自己是最先继承这份遗产的人，只能用极大的痛苦和过度的劳累来降服它。但突然，就在我们艰难转弯的时候，会瞥见浓重的、静止下垂的树叶下面，灯芯草搭的墙、草屋尖顶，会听到突然爆发的喊叫，看到飞奔的黑色肢体，很多拍击的手、跺地的脚、旋转的躯体、翻滚的眼球。汽船沿着黑色的、这令人无法理解的狂乱边缘，缓慢而艰难地行驶。这些史前的人是在诅咒我们、向我们祷告，还是欢迎我们——谁知道？我们和环境之间，彼此是隔断的，不相理解；我们像幽灵一样滑过，惊奇着、悄悄地胆寒着，就像正常人面对疯人院里的疯狂发作。我们不能明白，因为隔得太远了，也无法记得，因为穿行在岁月之初的黑夜里，那些岁月已然离去，几乎没有留下任何印记——或记忆。

“地球好像是令人恐惧的。我们已经习惯了看到被征服的怪物披枷带锁的形象，但在那里——你会看到一个可怕而自由的东西。很恐怖，那些人——不，他们并非不是人。好吧，你们知道，那是最糟糕的——这种对他们不是非人类的怀疑。人是慢慢才意识到这一点的。他们嚎叫、跳跃、旋转，做着可怕的鬼脸，但是，令人颤抖的，正是关于他们人性的觉察——跟你一样的人性——正是想到你与这疯狂、充满激情的喧嗓有着遥远的亲缘关系，才让人紧张。丑陋，是的，是够丑陋的，但是，如果你够男人，就会承认自己对那个噪音里可怕的坦诚，做出了蛛丝马迹般的回应，会隐约怀疑那里面有某种意思，即使是你——距离太初之夜如此遥远的你——也能领会。为什么不能？人的头脑无所不能——因为它里面装着一切，一切的过去和未来。它里面究竟有什么呢？是欢乐、恐惧、难过、忠诚、勇气和愤怒吗？——谁知道呢？——但是有真相——剥离了时间遮掩的真相。让愚人目瞪口呆，惊讶颤抖吧——但如果是一个真正的人，他会明白，而且能够眼睛都不眨地去正视。只是，他必须至少要像岸上的人一样，够男人。他必须用自己的真材实质——用他本身与生俱来的力量，去面对这个真相。原则？原则行不通。财宝、衣着、漂亮的破衣衫——第一次好好抖落一下就四散而飞的破衣衫，这些也都行不通。不，你需要的是一个深思熟虑的信仰。这场恶魔般的吵闹里有吸引我的东西——是不是？很好，我承认自己有听到，但是，我也有自己的声音，不管怎样，我的话是无法被消声的。当然了，一个愚人，出于纯粹的恐惧或细腻的情感，总能保全性命。是谁在咕哝？你奇怪我为什么不到岸上去吼叫、跳舞？好吧，不——我是没有。细腻的情感，你说？细腻的情感去见鬼！我只是没有时间。我得忙着用铅粉和撕成条的毛毯把漏气的蒸汽管绑扎起来——我跟你们说，我得观察着前方的河道并掌舵，得避开障碍物，得想方设法让那便宜东西往前走。在这些事情里，有足够多的表层真相，来救赎一个聪明人。时不时地，我也得看一下那个当锅炉工的野蛮人。他就在我下面，还是个改良的样本，烧着一个立式锅炉。说真的，看着他，就像看着一只狗，穿着拙劣的、模仿版的马裤，戴着插有羽毛的帽子，直立着用两条后腿走路，很是让人欣喜。几个月的训练，对于这个非常棒的小伙子来说，已经足够了。他眯着眼睛看着气压表和水压表，明显是做出了无畏的努力——可怜的家伙，他的牙齿也被磨尖过，他的头发被剃成奇怪的图案，脸颊上每边有三条装饰性的疤痕[①]。他本应该在岸上拍着他的手、跺着他的脚，但现在却努力工作着，满腹先进的才学，成为一种奇怪魔法的奴

① 这里提到了非洲地区的一些习俗，比如磨尖牙齿和装饰性疤痕，都各有其意义。磨尖牙齿可能是一种成年礼；每一道装饰性的疤痕可能象征着一次胜利。

隶。他有用，是因为被教过，他获取的知识如下：如果透明的东西里的水没了，锅炉里邪恶的幽灵会因为巨大的饥渴而发怒，并进行可怕的复仇。因此，他挥汗如雨，不断添柴，惶恐地观察着仪表（一个临时用破布做的符咒，绑在了他的臂膀上，一片磨光的骨头，有表盘那么大，平撑住他的下嘴唇[①]）。林木繁茂的河岸慢慢地从我们身边滑过，短时的喧嚣被抛在了身后，随之而来的是绵延无尽的寂静——我们向前爬行着，爬向库尔茨。但障碍物很多，水很浅，而且不牢靠，锅炉也真的像有个生气的恶魔住在里面，因此，不管是那个锅炉工还是我，都没有时间窥探各自内心的可怕想法。

“在距离腹地贸易站还有五十英里的地方，我们遇到了一间芦苇搭的小屋，一根歪斜的、沮丧的旗杆，上面飘扬着无法辨认的碎布条，原先应该是面旗，还有一堆码放整齐的木柴，这有些出乎意料。我们上了岸，在柴堆上发现了一块板，上面用铅笔写着些字，已经有些模糊了。仔细辨认后，发现是‘为你们准备的木柴。赶快。靠近的时候小心’。还有签名，但看不清——不是库尔茨——是个更长的词。赶快。去哪里？逆河而上？‘靠近的时候小心’，一路驶来，我们没有尝试着小心。但是，这个警告应该不是指我们到了才能发现的这个地方。大概是上游出了问题。但会是什么问题呢——有多严重？这才是关键。我们批评

① 又一非洲习俗，用巨大的盘状物撑起下唇。

着这种电报体的愚蠢。周围的灌木一言不发，也不让我们看得太远。一块被撕破的斜纹布挂在门口，悲伤地拍打着我们的脸。这个住处已经废弃了，但能看出来，有白人不久前在这里住过。里面有张粗糙的桌子，有块架起的床板，黑暗的角落里堆放着垃圾，我还在门口捡到一本书。书的封皮不见了，每一页都被翻得很软，脏兮兮的。但书脊用白棉线重新缝过，看上去还是干净的。这是个不寻常的发现，书名是《航海要点研究》，作者是托尔还是陶森来着，记不清了，大概是这样一个名字，是皇家海军的一位舰长。书的内容看起来很枯燥，里面有用来举例说明的示意图，还有不讨人喜欢的数字表格。这本书有六十个年头了，我用最大的温柔，摆弄着这本令人称奇的古董，生怕它在我手里化掉了。在书里，托尔或者陶森认真探讨着船上链条和器械的断裂应变，还有其他类似的事项。不是太引人入胜的一本书，但能一眼看出作者意图的专注，他诚实地关注着完成工作的正确方法。虽然是很多年前思考写成的，如果不从职业的角度来看，这些简陋的书页仍然有某种启发性。这位质朴的老水手和他关于链条、采购的论述，让我忘记了丛林和朝圣者们。取而代之的，是因为遇到了某种确定无疑的真实而获取的美妙感受。在这里，能有这样一本书，已经够神奇了，更让人惊讶的是，在边边角角还有用铅笔做的笔记，笔记的内容显然与书本身有关。我简直不敢相信自己的眼睛：笔记是用密码写成的！是的，看上去像密码。想象一个人，带着这样一本书，来到这个乌有之地，学习它——做笔记——密码写成的笔记！这真是神秘过头了。

“过了一会儿，依稀听到扰人的声音。抬眼看去，木垛已经不见了。经理和朝圣者们，在河岸上冲着我喊。我顺手把书装进了口袋。我向你们保证，正读着书停下来，像是把我从一份长久稳固的友谊庇护中扯出来一般。

“我又打开了那蹩脚的引擎，继续向前。‘一定是那个卑鄙的商贩——那个入侵者！’经理大声说，恶狠狠地回头看着我们离开的地方。‘他肯定是个英国人。’我接道。‘如果他不小心，这也没法让他避免麻烦。’经理阴郁地嘟哝道。我故作单纯地说，在这个世界上，没有人免得了麻烦。

“现在，水流更急了，汽船好似已经奄奄一息。船尾的明轮有气无力地转动着，我发现自己踮着脚尖，倾听着浮子的下一击声响。实在而严肃地说，我觉得这可怜的船随时都有可能甩手不干。看着她，就像看着在风中摇曳的蜡烛。但是，我们仍在爬行着。有时，我会选定前方稍远处的一棵树，用它来标记我们见到库尔茨的进程，但我总是在到达那棵树之前，就找不到它了。如此长久地盯着一棵树，对人的耐心是极大的考验，经理表现出迷人的顺从。我焦虑、恼火，开始跟自己争论，究竟还有没有机会公开跟库尔茨谈谈。但是，在我得出结论之前，就已经意识到，不管是我的话语还是我的沉默，实际上，我的任何行动，都是徒劳。一个人知道或者忽略了什么有什么重要？谁是经理有什么重要？人有时候会有这种短暂的洞见。这件事情的本质，深藏在表象之下，非我所能及，也不是我的能力干预得了的。

“第二天傍晚，据我们判断，距库尔茨的站点还有八英里。我打算继续向前，但经理神情凝重，告诉我前方的航程非常危险，而且太阳已经落得很低，最好是原地不动，等到第二天早晨再说。他还指出，如果要听从‘靠近时小心’的建议，我们就应该白天时靠近——而不是黄昏或者晚上。这很有道理。八英里对于我们来说，意味着差不多三个小时的航程。而且，我也能看到这个河段上游的可疑波纹，怕是有很多潜伏的障碍。然而，这个延迟却让我恼怒至极。如此反应，不合情理；已经过了那么多个月，一个晚上又算得了什么？既然我们有足够的木柴，而且又有提醒说要‘小心’，我就把船泊在了水中央。这里的河段很窄、很直，两侧很高，犹如火车轨道的路堑。黄昏在日落很久之前就滑了进来，河水平滑，快速地流过，森林无言地、纹丝不动地盘踞在河两岸。活着的树，被藤蔓植物捆绑在一起，加上所有的林下矮树丛，好像都被变成了石头，连最细的树枝、最轻的叶片也不例外。河段还没有入睡——但看上去很不自然，像是沉浸在迷幻中一样。任何细微的声音都听不到，人们惊奇地四周张望，开始怀疑自己是否聋了——然后，夜晚突然降临，也一下让人盲了。大约凌晨三点，有条大鱼跃出水面，响亮的水花声一下子让我跳了起来，像是有人放了一枪。在太阳升起的时候，下了白雾，很温暖，很湿黏，比夜晚还让人目无所见。它既不变换，也不流动，就只是在那里，像实实在在的东西一样立在四周。大概八九点的时候，雾散了，如同拿掉了眼前的遮板，我们得以瞥见众多耸立的树，无边无际编织在一起的丛林。炽热的太阳像个小球，悬在空中——一切都完全静止着——然后，白色的帘幕再次下落，非常平滑，如同沿着润滑过的沟槽滑落。我们本来要收起锚链，但我又让人把它放下去。锚链沉闷的哗啦声尚未停止，一声喊叫，一声非常大声地喊叫，好似包含着无尽的忧伤，缓缓地在不透明的空中升腾，然后停下了。大声地抱怨和抗议，调和着野蛮的嘈杂声，塞满了我们的耳朵。这一切完全出乎意料，我感到自己帽子下面的头发都立了起来。我不知道别人感受如何：对于我来说，好像迷雾本身发出了尖叫，这叫声是如此猝不及防，而且，这场喧嚣的骚动显然是从四面同时发起的，它的顶点是一声急促爆发的极度的尖叫，它绵延持续着，几乎让人无法忍受，却又戛然而止，让我们以各种愚蠢的姿势僵立在那里，顽固地听着继之而来的、几乎同样骇人的极端沉寂。‘老天！这是什么意思——？’一个朝圣者在我肘边结结巴巴地说。他是个矮小肥胖的人，沙色的头发、红色的腮须，穿着侧弹腿的靴子，粉色的睡衣塞在袜筒里。另两个人则张大了嘴巴，足足有一分钟。然后，他们冲进了小舱室，又冒冒失失地跑了出来，站在那里恐慌地张望着，手里的温彻斯特连发步枪已经上了膛。我们能看到的，只有我们所在的汽船，她的轮廓模糊，仿佛马上要被溶解了，再就是大概两英尺宽的雾蒙蒙的水——仅此而已。就我们眼睛所看到的、耳朵所听到的来判断，世界其余的部分好似都没有了。就是这样子没有了，消失了，不见了，一下子被清理了，没有留下一声耳语或一个身影。

“我走到前面，命令把锚链收短，这样可以随时起锚，需要的话立马开动汽船。‘他们会进攻吗？’一个畏怯的声音低语道。‘雾这么大，我们都会被宰掉。’另一个声音低低地说。在压力之下，他们的脸抽搐着，手轻微地颤抖着，眼睛都忘了眨。看到白人和作为我们船员的黑人之间表情的对比，给人一种奇怪的感觉。在这里，黑人和我们一样，也是完全陌生的，尽管他们的家距离此地仅八百英里。这番令人无法忍受的吵闹，让白人非常不安，他们的表情里表现出痛苦和震惊。黑人们的表情则很警觉，他们流露出一种自然的兴趣，但他们的脸基本上是平静的，在拉锚链的时候，有一两个人甚至还咧嘴笑了。他们中有几个人简短地嘟囔了几个词，好像彼此之间就满意地解决了这个问题。他们的头领，是个肩圆膀阔的年轻黑人，其衣着很质朴，穿的是深蓝色有皱褶、带流苏的衣服，头发很艺术地做成了油油的长卷发，他站得离我很近。‘啊哈！’我说，就是为了表示一下友好。‘抓住他们——’他厉声道，瞪大了血红的眼睛，尖尖的牙齿闪过一道光，‘抓住他们，把他们给我们。’‘嗯，给你们？’我问，‘你们拿他们做什么？’‘吃掉他们！’他说，话语非常简短。他把胳膊肘靠在栏杆上，向雾里看去，姿态尊贵，但带着深深的忧郁。如果没考虑到他和同伴们一定是饿极了，他的话会恰如其分地惊骇到我。至少是过去这个月里，他们肯定是越来越饿。这些人被雇用了六个月（我不认为他们中的任何一个，有任何明确的时间概念，像我们这些生活在无数岁月末端的人所能理解的那样。他们仍然在起点处的时间——也就没有遗传的经验来教会他们）。理所当然的，只要有一张纸，是按着河下游制定的某种可笑的法律或其他什么条例写成的，就不会有人意识到要去操心他们的生活。当然了，他们带了一些腐烂的河马肉，但即使朝圣者们没有在一阵吵吵嚷嚷声中把很大的一部分扔下了船，那也维持不了多久。这看上去像是专横的行为，但真的是合法自卫的实例。你无法在醒着、睡着、吃饭的时候呼吸着死河马的气味，而同时又能够把持住岌岌可危的生存。除此之外，公司每周发给他们三段铜线，每段大约九英寸长；从理论上说，他们可以用这种流通货币，在河边的村子里买供给。我们来看看这如何行不通吧！要么是没有村落，要么是村里的人充满敌意，要么是经理因为某种深奥的原因，不想停船。经理也像我们一样，吃罐头，偶尔补充一只山羊。因此，除非他们吞吃铜线，或者是做成铜圈来捉鱼，我看不出他们奢侈的薪水对于他们来说有什么用。必须承认，工资支付非常准时，配得上一个大型体面的贸易公司。他们余下的唯一能吃的东西——虽然看上去一点都吃不得——是几块类似于半成品的面团，看上去脏兮兮的，是薰衣草的颜色。他们把这东西用树叶包着，保存起来，偶尔吞一片，但太小了，更像是做个样子，而不是正儿八经地填饱肚皮。他们为什么不以所有撕咬他们的饿鬼的名义，来吃我们呢？——他们三十个人，我们五个人——可以饱餐一顿。直到今天，想到这点都让我觉得惊奇。他们是高大有力的男子，勇猛、充满力量，尽管他们的皮肤不再充满光泽，肌肉也不再那么结实。另外，他们其实也没有多少掂量后果的能力，但我能看到某种有制约性的东西在发挥作用，它是人类的秘密之一，能够牵制事情发生的可能。我看待他们的兴趣迅速活跃起来——不是因为想到他们可能不久就会把我吃掉，而是突然意识到——像是有了一种新的眼光——朝圣者们看起来是多么不健康。我希望，是的，我理所当然地希望，我的样子有所不同——怎么说呢？——如此地——令人反胃。这或许是出于那么一丁点儿不切实际的虚荣，与当时每天都充斥着我的梦幻感觉恰好相称。或许，我也发着低烧。人不可能整天把着自己的脉生活。我经常‘有点发烧’，或者有点别的什么症候——正是荒野之爪顽皮的笔触，描画着重症来临前的轻微症状。是的，我看着这些黑人们，就像你们看待任何人一样，好奇于他们遇到无法抵御的身体需求时所表现出来的冲动、动机、能力和弱点。

节制？什么样的节制？是迷信、厌恶、耐心、恐惧——或者某种原始的荣誉？没有恐惧可以对抗饥饿，没有耐心熬得过饥饿，有饥饿的地方厌恶就不会存在，至于迷信、信仰以及你们所说的原则，在饥饿面前，轻于风中谷壳。你们不知道挥之不去的饥饿有多么邪恶，它的折磨多么令人恼怒，它的想法多么黑暗，它的忧郁和思索多么残忍？好吧，我知道。要得体地对抗饥饿，一个人需要用尽与生俱来的力量。遭受丧亲之痛、名誉扫地和灵魂毁灭，要比忍受这种长期的饥饿容易得多。这听来令人难过，却是事实。而这些人，在我看来，没有任何顾虑的必要。节制！我情愿相信在战场的尸体间逡巡的土狼具备节制。但是，事实就这么直面着我——令人炫目的事实，邀人看见的事实，如同深海之上的泡沫，如同深不可测的谜团之上的涟漪。每当我想起它，就感到它是一个更大的谜，大过了这场野蛮的喧闹里所包含的奇异而费解的悲痛绝望之音，这声音从令人目盲的白雾后面的岸上传来，掠过了我们。

“就声音来自河岸的哪一边，两个朝圣者以急促的低语声争吵着。‘左边。’‘不，不，你怎么会这么说？右，右边，一定是右边。’‘事态严重。’经理的声音在我身后响起，‘如果在我们到达之前，库尔茨先生出了什么事，我会非常难过。’我看了看他，一点都不怀疑他的真诚。他就是那种想要把表面文章做好的人，这是他的节制。但当他嘟嘟囔囔说立即出发向前的时候，我甚至都懒得回答他。我知道，他也知道，这是不可能的。如果放弃眼下的停泊位置，我们绝对会飘在空中——飘入太空。我们无法分辨自己去往哪里——是逆流还是顺流，还是横渡——直到我们撞上了这边或那边的岸——但即使撞上了，我们一开始也不会知道是哪边的岸。我当然不会动，我可不想把船撞毁。你无法想象一个更糟糕的失事地点。不管是否被当场淹死，我们都肯定会以此种或另一种方式，迅速丧命。‘我授权你冒一切险。’他沉默了片刻之后说。‘我拒绝任何授权。’我应声回复。这正是他所期待的回答，尽管语气有些让他吃惊。‘好吧，我必须尊重你的判断。你是船长。’他非常有礼。我转向他，表示感谢，然后又紧盯着浓雾。这雾还要持续多久？这真是最无望的守候。要靠近这个在可怜的丛林里攫取象牙的库尔茨，道路艰辛，危险重重，好似他是被施了魔法、在魔幻城堡里熟睡的公主。‘你觉得他们会进攻吗？’经理悄悄地问我。

“我不觉得他们会进攻，因为有几个很明显的原因。大雾是一个。如果他们划着独木舟离开岸边，就会迷失在雾里，这跟我们一样；如果我们想动，也会陷入同样的境地。尽管如此，我之前曾判断两岸的林木难以穿越——但却看到了里面的眼睛，那些看到了我们的眼睛。河边的林木当然很密，但后面的林下灌木显然是可以穿行的。然而，在大雾短时消散的时候，我在河面上没有看到独木舟——而且，与船相齐的地方也没有。但是，让我觉得不可能进攻的想法，源于声音本身的性质——就是我们听到的那些喊声，它们没有那种预示着敌意的狠劲儿。虽然听上去出其不意、狂野、炽烈，但它们给我一种无法遏抑的感觉——悲痛。汽船的出现，不知为了什么，让那些野蛮人充满了不加节制的悲痛。如果真的有危险，据我推测，是因为我们靠近了被释放出来的一种巨大的人类激情。极度的悲伤有可能以暴力的形式发泄出来——但更多时候付诸冷漠。

“你们真应该看看那些朝圣者是怎样盯着我看的！他们没有心情取笑，或者斥责我，但我相信他们一定觉得我疯了——可能是被吓疯的吧。我发表了一通标准的演讲。亲爱的伙计们，烦恼无益。保持警戒？好吧，你们能想象，我看着大雾，寻找着雾散的痕迹，就像一只猫盯着一只老鼠。但是，对于任何其他的事情，眼睛丝毫没有用处，如同我们被埋在了几英里深的棉花堆里。我的感觉也相似——温暖、沉闷、窒息。此外，我所说的虽然听上去有些不着边际，但绝对属实。我们后来遭遇的进攻，实际上是在试图驱逐我们。当时的行动远没有攻击性，甚至也不是通常意义上的防御——而是在绝望的压力之下发动的，它的本质，是纯粹保护性的。

“进攻大概是在雾散之后两小时发生的，它开始的地方，大约距离库尔茨的站点一英里半。我们刚刚挣扎着缓慢地转过一个河湾，我就看到河中央的一座小岛，虽然仅是翠绿色的一座土丘。一开始看上去只有它一个，但当我们驶进这段河道之后，才发现它是一个长沙洲开始的地方。那个沙洲，更像是一串小块的浅滩沿着河中央伸展开去。它们色泽黯淡，与水齐平，整个看起来恰好在水面之下，像极了一个人的脊梁——能够看到它在肌肤之下，顺着人脊背的中央一路下去。在我看来，我们当时可以驶向沙洲的左侧，也可以驶向右侧。当然了，哪一边的河道我都不熟悉。两边的河岸看上去也非常相像，水的深度也一样。但是，我早先被告知站点在西侧，我自然也就驶向了西边的河道。

“只是，我们刚刚进入，就发现它比预测的要窄得多。我们的左边，是绵长的沙洲；右边是高高的、陡峭的河岸，长满密集的灌木。灌木之上，树木重叠罗列。繁复的树枝遮蔽在水流上方，不远处，就有一些树的大枝干僵硬地伸到河面上。当时，已经是下午晚些时候了，森林看上去面容阴郁，大片的阴影落在河面上。我们在阴影里前行——非常缓慢，这些你们可以想象到。我把船尽量转向岸边——像测深杆告诉我的，近岸的地方，水最深。

“我那些饥饿、坚忍的朋友们中的一个，正在我下方的船头测着水深。这艘汽船像一艘装了甲板的驳船。甲板上有两间柚木的小房子，有门有窗。锅炉在船的前部，机械装置在正船尾。在这些上方，是轻薄的屋顶，由柱子撑着。烟囱穿过了屋顶，在它前面，有一间薄木板搭建的小船舱充当操舵室。里面有一个长条沙发，两把折椅，角落里放着一杆上了膛的马蒂尼–亨利步枪，另有一张小桌子，还有舵轮。船舱的前面是一扇门，两侧各有一个宽阔的百叶窗，当然了，窗子平时都是敞着的。我每天就高栖在那里，在那个屋顶的最前端，在舱室的门前。夜里的时候，我躺在长沙发上睡觉，或者说试图睡觉。一个体格健壮的黑人，来自海边的一个部落，被我可怜的前任训练成了舵手。他夸耀着一对铜耳环，自腰间至膝盖裹着一块蓝色的布，觉得自己就是全世界——但却是我见过的最不稳妥的傻瓜。你在旁边的时候，他无比夸张地掌着舵，但当他看不到你的时候，立马成了怯懦可怜的猎物，不一会儿，就让那孱弱的汽船占了上风。

“我正向下看着测深杆，觉得很气恼，因为每测一次，杆子就在河里多露出一点。但就在这时，我看到测深员突然甩手不干了，整个人在甲板上躺平了，甚至都没把测深杆收进来，尽管他的手还抓着它，杆子划着水往前走。与此同时，锅炉工也突然坐在了锅炉前面，抱住了头。他在我正下方，所以我看得见，这让我惊讶极了。这时，我得赶紧看向河面，因为航道上有个突出的东西。木棍，小木棍，四处乱飞——密密匝匝地飞来，它们嗖嗖地从我鼻尖飞过，落在我的面前，打在我身后的操舵室上。而与此同时，河流、河岸、丛林都很静——完全没有声音。我只能听到船尾明轮卷起水花的声音，还有这些木棍急速拍打的声音。我们笨拙地绕过了障碍物。是箭，天啊！我们被射击了！我迅速地进入了操舵室，想要关上朝向岸边的百叶窗。那个傻瓜舵手，手握着舵辐，在抬膝盖、跺脚、咬嘴唇，像匹勒着缰绳的马。糊涂虫！我们跌跌撞撞地行驶在离岸十英尺的地方，我得探出窗外拉回重重的百叶窗，却看到树叶中间与我的脸相齐的地方，有一张脸，凶狠而坚定地看着我。突然间像是我眼前的面纱被揭开了，在纠缠不清的幽暗的深处，我辨认出赤裸的胸部、胳膊、腿和圆睁的双眼——灌木丛里挤满了行动中的人，他们的肌肤是古铜色的，发着光。树枝摇曳着、晃动着、沙沙作响，从中飞出密密麻麻的箭。然后，百叶窗关上了。'掌好舵，让她照直向前走。'我对舵手说。他脸朝前，僵硬地昂着头，但他的眼珠翻滚着，不停地把脚轻轻地抬起放下，嘴里吐着白沫。'安静！'我怒气冲冲地喊。但是，还不如命令一棵风中的树停止摇摆。我冲了出去。在我下面，铁甲板上传来很多慌乱的脚步声、混乱的惊叫声。有声音尖叫道：'你能往回开吗？'我看到前方河面上有个V形的波纹。什么？又一个障碍物！在我脚下，数枪齐发。朝圣者们扳动了他们的温彻斯特连发步枪，但仅仅是朝着丛林喷射铅弹而已。见鬼！升起了很多烟，慢慢地向前飘。我诅咒这烟。这样一来，既看不见水纹也看不到障碍物了。我站在门口，凝视着，箭蜂拥而至。箭头有可能被下了毒，但看上去好像都杀不死一只猫。丛林开始嚎叫，我们的劈柴工也发出了好战的喊叫；身后传来一记震耳欲聋的枪响，我回头一看，操舵室里满是噪音和烟雾，我赶紧冲向舵轮。那个黑人傻瓜丢下一切，一把推开窗，扳动了马蒂尼-亨利步枪。他站在宽宽的窗前，怒目而视，我冲他大喊，叫他快回来，同时把突然转向的船扳回正轨。此时，即使我想往回返，也没有掉头的空间。障碍物就在前方很近的地方，被该死的烟遮住了。刻不容缓，我直接把船挤到了岸边——紧贴着岸，我知道岸边的水是深的。

“我们蹭着岸边悬伸出来的林木疯狂向前，折断的树枝、飞舞的树叶搅成一团。下面的数枪齐发，突然停下了，我早就预料到子弹没了就会这样。有一个闪闪发光、飕飕作响的东西飞进了操舵室，我赶紧回头避让，它从一扇百叶窗进来，从另一扇百叶窗飞出去了。那个疯子舵手摇晃着空了膛的步枪，冲着岸上大喊，我的目光越过他，看到模糊的人影，他们整个身体弯下，奔跑着、跳跃着、滑动着，那些身影时而清晰，时而残缺，一闪而过。有个大东西出现在百叶窗前，步枪落到了船外，舵手快速地退了回来，转过头离奇地——深邃地——熟悉地看着我，然后倒在了我的脚上。他脑袋的一侧撞了舵轮两次，有根像是很长的木棍的东西，末端咔咔作响，打着转，打翻了一把折椅。他像是把一个东西从岸上人的手中猛拉了过来，因为用力过猛失去了平衡。薄烟被风刮走了，我们避开了障碍物，向前看去，我知道再过一百码左右，我们就能驶离岸边，但是，我的脚又湿又热，忍不住看是怎么回事。那人翻身躺在了地上，眼睛直直地往上盯着我看，两只手紧紧地抓着那根棍子，原来是长矛的杆，不知道是被投掷还是戳进了窗口，刺进了他身体的一侧，就在肋骨下面。他的身体被刺出了一个可怕的大洞，我的鞋里满满都是血；在舵轮下面，也有一摊血，发着暗红的光；他的眼睛，发出惊人的光。数枪连发又开始了。他焦躁地看着我，像抓住宝贝一样紧紧地抓着长矛，看样子生怕我会抢了他的。我得努力避开他的凝视，专注于掌舵。我腾出一只手，在头顶摸索着拉响汽笛的绳子，然后一下接一下地匆忙拉响刺耳的汽笛。愤怒、战争般的吵闹声突然停止了，从森林深处传来一声颤抖的、绵长的哀号，里面包含着悲伤的恐惧和彻底的绝望，可以想象地球上最后一缕希望飞走的时候，听到的或许就是这样一声哀号。丛林里起了巨大的骚乱，箭雨停了，几支迅速掉落的箭声回荡着——继而是沉寂，在这沉寂之中，船尾明轮疲惫的击打声清晰地传入耳中。我打了右满舵。这时，那个穿粉红睡衣的朝圣者火急火燎地出现在门口。'经理让我——'他打着官腔说，但马上停下了。'老天！'他瞪大了眼睛，看着那个受伤的人。

"我们两个白人看着他，他发光的、问询的目光把我们两个收拢在内。天哪，好像他立马会用一种我们听得懂的语言发问，但是，他一言未发，一动未动，连肌肉都没抽搐一下，就死了。只是在最后一刻，好似回应着我们看不到的一个征兆、我们听不到的一声低语，他重重地皱起了眉头。皱起的眉头让他黑色的死亡面具上，带有一种令人难以置信的忧郁、沉思、险恶的表情。

而后，发光的质询目光迅速消退为茫然的呆滞。‘你可以掌舵吗？’我急切地问那个代理。他看上去非常没有把握，但我一把抓住了他的胳膊，他立马明白了我一定要他掌舵，由不得他说不。说实话，我近乎病态地着急换掉脚上的鞋子和袜子。‘他死了。’那伙计自语道，极其受触动。‘毫无疑问。’我说，疯了般地扯鞋带，‘哦，顺便说一句，我想库尔茨先生这时也早死了。’

“当时，这个想法主宰着我。我有一种极其失望的感觉，如同发现一直为之奋斗和争取的东西，竟然是完全空洞的。如果我走了那么远的路，就是为了和库尔茨先生交谈，那么有什么比眼下的结果更令人厌恶的呢？与之交谈……我把一只鞋扔到船外，突然明白了这正是我所期待的——一次与库尔茨的交谈。你们知道吗？我有了一个奇怪的发现，就是从未想过库尔茨是个行动中的人，而不只是一个在说话或演讲的人。我没有对自己说‘现在我再也见不到他了’，或者‘现在我再也握不到他的手了’，而是‘现在我再也听不到他讲话了’。那人呈现给我的是一个声音。当然了，我并不是把他跟他的行动割裂开来。难道不是有人用各种嫉妒和羡慕的语调告诉我，他收集、交换、骗取、偷窃了比所有其他代理加起来还要多的象牙吗？问题不在这里。问题在于他是个有天赋的人，而在他所有的天赋中，有一个极为突出、能给人一种真切存在的感觉，那就是他的语言、他说话的能力——他表达的天赋。他的这种天赋既令人困惑又启发人心，既至为崇高又最是可鄙，它是颤动的光之河，它的源头像是来自揣摩不透的黑暗之心，是一股富有欺骗性的话语的流动。

“另一只鞋也飞了出去，飞向了那条河的恶魔之神。我在想：老天！一切都完了，我们太迟了，他消失了——天赋消失了，因为某支长矛、某个箭头或者某根棍棒，他消失了。我永远都不会听到那人说话了——我的悲痛过度得让人吃惊，我的悲痛和之前留意到的，丛林中那些野蛮人的嚎叫中所包含的悲痛甚至是一样的。如果我被夺走了信仰，或者错失了生命中的定数，好像也不会比这更孤独和凄凉……你为什么这样野蛮地叹气，是谁？荒谬？好吧，荒谬。老天啊！难道一个人就不能——喂！给我些烟草。”……

在非常深沉的寂静中突然停了下来。然后，一根火柴擦亮了，出现了马洛瘦削的脸庞，疲惫、凹陷，下垂的褶皱、合闭的眼帘，一副专心致志的模样。他用力吸烟袋的时候，烟袋因着闪烁的小小火焰中在黑夜里忽隐忽现。火柴熄灭了。

“荒谬！”他大声说，“这是一个人在试着讲述时，遇到的最糟糕的事……你们都在这里，每个人都有两个固定的好住址，就像一艘船的两只锚，一个街角是肉店，另一个街角是警局，极好的胃口，正常的体温——你们听到了吗——一年到头体温正常。而你说，荒谬！让荒谬——去见鬼！荒谬！我亲爱的伙计们，一个人出于纯粹的紧张，刚刚把一双新鞋扔进了水里，对这样一个人，你能期待什么？现在想起来真是奇怪，我当时竟然没有落泪。总的来说，我对自己的勇气感到骄傲。聆听天才库尔茨是极其宝贵的特权，想到可能失去了它，我痛彻心扉。当然了，事实并非如此，特权仍在等着我。哦，是的，我不仅听到，而且听得太多了。事实证明，我是对的：一个声音，他好似仅仅是一个声音而已。而我听到——他——它——这个声音——其他声音——所有的人都比声音多不出什么——那个时候的记忆盘桓在我周围，无法触及，像是一次极好的闲聊渐逝的余波，愚蠢、残忍、卑鄙、野蛮，或者仅仅是刻薄，没有任何意义。声音，声音，各种声音——甚至是那个女孩自己——既然——”

他沉默了很久。

“后来，他的天赋，如鬼魂一样延续着。最后，我用一个谎言安置了它。”他突然开始了。“女孩！什么？我有提到一个女孩吗？哦，她不牵涉在内——一点都不。她们——我是说女人们——不牵涉在内——她们应该被排除在外。我们必须帮助她们，待在她们自己的美丽世界里，以免我们的世界变得更糟。哦，她得排除在外。你们真该听听被发掘出来的库尔茨先生的躯体，是如何说：‘我的未婚妻！’你当场就会明白她是完全不牵涉在内的。啊！库尔茨先生高贵的前额骨！有人说，头发有时候会在人死后继续生长，但这个样本——呃——是秃头，十分醒目。荒野轻轻地拍了他的脑袋，然后，看吧，他的头像个球——一个象牙做成的球；荒野抚摸了他，然后——瞧——他枯萎了；它接待了他，爱上了他，拥抱了他，进入了他的血脉，消耗了他的肉体，用某种邪恶入会仪式都无法想象的手法，把他的灵魂与自己的灵魂封缄在一起。他是它宠爱过度、惯坏了的心爱之人。象牙？我想是的。成堆成垛的象牙，破旧的泥巴棚子都要被挤爆了。你会觉得，整个地区的象牙，不管是地上的还是地下的，没有一根被落下。'多数是化石。'经理轻蔑地评论说。跟我一样，它们并不是化石，但如果是从土里挖出来的，就会被他们冠以化石之名。好像这些黑人们，有时的确会掩埋象牙——但显然，他们埋得并不深，来拯救天赋异禀的库尔茨先生免遭其厄运。我们把象牙装满了汽船，还有很多不得不堆在甲板上。这样的话，只要他还能看，就可以看到和欣赏它们；对这份命运偏袒的赞赏，一直持续到了他生命的最后。你们真应该听他如何说：'我的象牙。'哦，是的，我听到了他讲话。'我的未婚妻，我的象牙，我的站点，我的河，我的——'，一切都属于他。这让我屏住了呼吸，期待着听到荒野爆发出一阵惊人的大笑，那种会撼动天上星宿的大笑。一切都属于他——但这不值得一提，重要的是知道他属于谁，多少黑暗的力量想把他据为己有？这样的反思让人毛骨悚然，一个人无法——也不应该——试着去想象。他在这片土地的恶魔中间，占据了高位——我实实在在这么说，没有夸张。你们不明白。你们怎么可能明白呢？——脚踩在坚实的人行道上，周围是仁慈的邻居——随时为你欢呼或攻击你，小心翼翼地行走在屠夫和警察之间，生活在对丑闻、枷锁和疯人院的神圣恐惧里——你如何能够想象，一个人自由自在的双脚，经由孤独——完全的孤独，没有警察——经由寂静——完全的寂静，听不到仁慈邻居的警告和对公众看法的低语——会把他带到人类之初的何种特定场域呢？正是这些小事，造成了巨大的不同。缺少了它们，你就得依靠自身内在的力量——忠诚的能力，来保持人之所以为人的东西。当然了，也有可能你太傻，根本不会犯错——太迟钝，甚至都不知道自己遭受了黑暗力量的侵袭。我认为，从来没有傻子会用自己的灵魂和魔鬼做交易[①]：傻子太傻，魔鬼太魔——我不知道两者谁是主因。或者你是如此高尚，以至于除了天堂般的景象和声音，都眼不见，耳不闻。如此一来，地球对你来说只是个落脚的地方——至于这样的活法是你的收获还是你的损失，我不强以为知。但我们大多数人，既不是傻瓜，也不是极高尚的人。地球是我们生活的地方，在这里，我们必须忍受眼见、耳听、鼻闻之物——老天，比如说死河马的味道——而且还能做到不被玷污。难道你们还不明白吗？就是在这样的时候，你的力量发挥了作用——你对自己能力的信念，你相信自己能够挖一个朴素的洞，把那东西埋了——还有你忠诚的能力，

① 影射歌德诗剧《浮士德》中的典故。博学多才的浮士德，同意死后把灵魂交给魔鬼，以此换取魔鬼的帮助，完成生前的夙愿。

不是对自己忠诚，而是对一项模糊的、使人疲劳至极的事业忠诚。这够难了！注意，我不是想推脱，甚至是解释——我是试着为——为——库尔茨先生——为库尔茨先生的鬼魂——做出能让我自己接受的表述。这个来自无名之地背后的幽灵，在完全消失之前，用他令人惊异的信任为我徒添荣誉。这是因为他可以和我说英语。库尔茨本人的教育，有一部分是在英国接受的——正像他自己说的——他不会随便托付人的。他的母亲是半个英国人，他的父亲是半个法国人，整个欧洲造就了他。我后来得知，'镇压野蛮习俗国际协会'邀请他写一份报告，作为未来的指导，这也真是恰如其分。而且，他真的写了。我看到了这份报告，并且读了。它充满雄辩，具有说服力，但我觉得有些太敏感。他竟然有时间密密麻麻地写了十七页！但这应该是在——比如说——他神经出问题之前。应该是神经出了问题，他才会主持午夜的舞会，这样的舞会，会以难以启齿的仪式结束——来为他上供——你们明白吗？——来为库尔茨先生本人上供——我不止一次地听说过这些，并据此做出了很不情愿的推测，但文章写得很美。然而，开头的一段，依据后来得到的信息来看，就已经预示着不祥了。他开篇起论，认为我们白人，从我们的发展程度来看，'必须而且必定会以神的形象出现在他们（即野蛮人）面前——我们以神的伟力走近他们'，等等，等等。'通过简单运用我们的意志，我们可以发挥行善的力量，这种力量几乎是没有边界的'，等等，等等。从这里开始，他变得情绪高涨，我也被感染了。结尾虽然不容易记住，但非常宏大。据我判断，文章中的理念是：用令人敬畏的仁爱，统治广袤的异域。它让我充满热情，激动不已，这就是雄辩——词语——燃烧着的高贵词语无边的力量。通篇下来，没有实用性的暗示干扰词语的神奇涌动，除非是在最后一页的下角，有句类似注脚的话，显然是文章写成之后很久，才草草加上去的，看上去握笔的手很不稳，大概可以被看作是对方法的解释。这句话很简单，出现在感人的、对每一种利他情感都进行过呼吁之后，它对着人发出亮光，明亮而可怕，犹如晴空霹雳：'灭绝所有野蛮人！'奇怪的是，他显然完全不记得这句有价值的附言了，因为后来，在他获得了某种意义上的清醒之后，反复请求我保管好'我的小册子'（他是这样称呼它的），因为它将来注定会对他的事业产生好的影响。我对所有这一切，完全知情；另外，事实证明，我还需要保管对他的记忆。我为此做的足够多，这给了我无可争辩的处置它的权力。如果我愿意，可以让它长眠于进步事业的垃圾桶，成为所有垃圾中的一员，或者打个比方说，让它混迹于人类文明所有的死猫烂鼠里。然而，你们瞧，我没得选——他无法被忘记。不管他是什么，他一定不是平庸的。他有迷惑或恐吓原始心灵的力量，让他们跳起疯狂的巫舞向他致敬；他也可以让朝圣者们窄塞的灵魂疑虑重重，充满仇恨。但是，他至少有一位忠诚的朋友，他征服了这个世界上的一个灵魂，这个灵魂既不原始，也没有被自私自利污染。不，我无法忘记他，尽管我也没打算承认，他真的配得上我们为了到他那里而失去的那个生命。我非常想念我们死去的舵手——他的尸体还躺在操舵室的时候，我就已经开始想念他了。或许你们认为，为一个野蛮人惆怅，这奇怪得离奇，他的分量还不如黑色撒哈拉的一粒沙子。然而，你们看不出来吗？他做过事，他掌过舵；有好几个月他都站在我身后——他是一个助手——一个工具，这是一种伙伴关系。他为我掌舵——我得照看他，担心着他的不足，因此创造出了一条微妙的纽带，而这条纽带，只有当它断了的时候，我才意识到。他受伤时看我的那一眼，其中的亲密和深邃，直到今天还保存在我的记忆里——仿佛在一个至高无上的时刻，他发出了我们本是远亲的诉求。

"可怜的傻瓜！要是他没动那扇百叶窗就好了。他没有节制，没有节制——就像库尔茨——一棵被风摇动的树。我一换上干爽的拖鞋，就把长矛从他身体的一侧拔了出来，我承认自己是紧闭着双眼完成这个动作的，然后把他拖出了操舵室。他的脚后跟一起越过了小小的门阶，他的双肩紧靠在我的胸前，我从身后死命地抱住他。哦，他好重，好重，重过世界上所有的人，我是这样感觉的。然后我二话没说，把他掀进了河里。水流一下抓住了他，他像是一捆草。我看到尸体打了两个滚，然后，就再也看不到了。当时，所有的朝圣者和经理都聚集在遮阳甲板上，围在操舵室四周，像一群兴奋的喜鹊，彼此喋喋不休地唠叨着。我无情、干脆麻利的动作，引得他们震惊地低语。我猜不透他们想留着那具尸体干什么，或许是要做防腐处理，做成木乃伊？但我也听到了下面甲板上另外的、非常不祥的低语声。那些劈柴工朋友们也同样震惊，而且更好地展示了他们的理由——尽管我得承认，这些理由本身，非常让人难以接受。哦，非常！我早已下定了决心，如果我死去的舵手一定得被吃掉，只有鱼儿可以这么做。生前，他是个非常次等的舵手，但现在他死了，却可能变成上等的诱惑，或许制造了某种惊人的麻烦。另外，我还急着去掌舵，那个穿粉色睡衣的人，在这件事上，表现得像个无可救药的傻瓜。

“简单的葬礼过后，我直接接过了舵轮。我们半速前进，保持行驶在河中央，我听着周围人的谈话。他们放弃库尔茨了，也放弃库尔茨的站点了；库尔茨死了，站点被烧了——等等——等等。红头发的朝圣者简直不是自己了，因为他觉得至少已经为可怜的库尔茨好好报仇了。‘照我说，咱们一定杀了很多丛林里的人。呃？你们觉得呢？说说看？’他真的跳起了舞，这个嗜血、易怒的家伙！我禁不住说：‘不管怎么样，你们制造了不少烟。’从丛林顶部的舞动和发出的响声来看，几乎所有的子弹都打高了。除非事先瞄准，从肩部射击，否则什么都打不到，但这些人是从胯部、闭着眼睛开枪的。我觉得，黑人的撤退是因为——而且我是对的——汽笛的尖叫声。一听这话，他们都忘了库尔茨，开始对着我嚎叫，发出愤怒抗议。

“经理站在舵轮边，很体己地低声说，无论如何都得在天黑前驶离这个地方，尽量往河的下游走。就在这时，我看到远处的岸边有一块清空了的地方，还有某种建筑物的轮廓。‘那是什么？’我问道，经理惊讶地拍着双手。‘腹地贸易站！’他大喊道。我立即设法靠近，但仍然半速向前。

“透过望远镜，我看到山坡上点缀着树木，完全没有下层灌丛。山顶上有一长排破败的房屋，被高高的草丛半掩着；房屋尖顶上的大洞，远远看去像是张开了大嘴的黑洞；丛林和树林构成了房屋的背景。现在周边没有任何形式的围墙或篱笆，但显然曾经有过，因为在靠近房屋的地方，有六根细细的柱子仍然站成一排，柱子的顶端装饰着雕刻过的圆球。围栏或者是柱子之间，不管原来有什么，现在都不见了。当然了，这一切都被森林环抱着。河岸也被清理过，我看到水边有一个白人，戴着一顶车轮样式的帽子，挥舞着整只胳膊，不停地跟我们打着招呼。上上下下仔细观察着森林的边缘，我几乎可以确定，里面有人在动——人的身影四处窜动。我谨慎地驾船驶过，然后关闭了引擎，让船漂到岸边。岸上的那个人开始喊，催我们上岸。‘我们遭到了袭击！’经理尖叫道。‘我知道——我知道。现在没事了。’另一个喊了回来，看他的样子，要多开心有多开心，‘快来吧，没事了，我太高兴了。’

“他的样子让我想起之前见过的某样东西——曾经在某个地

方见过的、好笑的东西。我一边谨慎地向前推进，一边问自己：‘这伙计像什么呢？’我突然想起来，他像个丑角。他的衣服是用某种材料做成的，大概是棕色的粗糙亚麻布，但浑身打满了补丁，发亮的补丁：蓝色的、红色的、黄色的——背上有、前面有、肘部有、膝盖上有；夹克上有一条彩色的带子，裤脚嵌着鲜红的边；阳光让他看上去极其艳丽，而且整洁；看得出来，所有的补丁都是美美地被缝上去的。一张白皙的没有胡须、孩子气的脸，没有多少特点可言；他的鼻子有些脱皮，小小的蓝色眼睛；在他坦诚的脸上，笑容和蹙眉紧追彼此，就像风儿吹过的草原，阳光和阴影交替出现。‘小心，船长！’他喊道，‘昨天晚上，这里被放进了障碍物。’什么！又一个障碍物？我承认，自己很不体面地发出了诅咒。在这场迷人的旅行行将结束之际，我的破船几乎被撕了个洞。岸上的小丑冲我翘着扁平的小鼻子，满脸堆笑地问：‘你是英国人？’‘你也是？’我从舵轮处喊。笑容消失了，他摇了摇头，好像一副对不起的样子，让我失望了。然后，又欢天喜地起来。‘没关系！’他令人振奋地喊道。‘我们来得及时吗？’我问。‘他在上面。’他回答，朝着山上甩了甩头，突然变得忧伤沮丧。他的脸，就像秋日的天空，一会儿多云，一会儿晴空。

“经理在朝圣者们的陪同下，到了站里去，每个人都武装到了牙齿。他们走后，那个小伙上了船。‘听我说，我不喜欢眼前的这个样子，当地人藏在灌木丛里。’我说道。他热情地向我保证，不会有事的。‘他们是简单的人。’他补充说，‘哦，我很高兴你们来了，我用了所有的时间阻止他们靠近。’‘但你说不会有事！’我喊道。‘哦，他们没有恶意。’他说。看我瞪大了眼睛，又纠正自己道：‘不全是。’然后快活地说：‘我的天，你的操舵室该大扫除了！’几乎同时，他建议我的锅炉里备足蒸汽，一有麻烦就鸣汽笛。‘汽笛的一声长鸣，比你们所有的步枪都管用。他们是简单的人。’他重复道。他喋喋不休、语速如此之快，真让我应对不暇。他像是沉默得太久了，想要一下子补回来，把没说的话都说出来；他大笑着暗示，就是这么回事。‘你不跟库尔茨先生交谈吗？’我问。‘你不会跟那个人交谈——你听他说。’他严厉而又得意地大声回答，‘但是现在——’他挥舞了一下胳膊，眨眼间跌进了心灰意冷的深渊。不一会儿，他又一跃而起爬出了低谷，抓住了我的两只手，不住地摇着，同时急促而含混不清地说：‘水手兄弟……幸会……荣幸……开心……介绍一下我自己……俄国人……坦波夫主教的儿子……什么？烟草！英国烟草，优质的英国烟草！好，真够兄弟。吸烟？哪有不吸烟的水手？’

“烟斗让他安静下来，慢慢地我知道了：他逃离了学校，乘了一艘俄罗斯船出了海，然后再次逃跑，在一些英国船上服务过，现在已经和主教和解，他重点强调了这一点。‘但是，人年轻的时候，一定要增长见识，积累经验和想法，开阔视野。’‘在这里开阔视野！’我打断了他。‘那也说不定！在这里，我遇到了库尔茨先生。’他说，一副年轻人的庄重和责备神情。在这之后，我就不出声了。好像一开始，他说服了一家沿海的荷兰贸易公司，给他配备了储备和货物，他就高高兴兴地出发往腹地走，像个婴儿一样对将要发生的事一无所知。他一个人在这条河的周围差不多游荡了两年，与所有的人和事都切断了联系。‘我并不像看上去那么年轻，我已经二十五了。’他说。‘一开始，老凡·叔滕让我去见鬼，’他兴致勃勃地讲述着，‘但我缠着他不放，说啊说啊，直到最后他害怕了，怕我一直说下去，把他最喜欢的狗儿的后腿都要说掉了，因此他给了我些便宜货和几支枪，跟我说他再也不想看到我这张脸。凡·叔滕，很好的荷兰老人。一年前，我寄给他一小份象牙，这样的话，等我回去的时候，他就不会说我是个小毛贼。我希望他收到了。其他的，我不在乎。我给你们准备了一堆柴，那是我的老房子，你看到没？’

“我给了他陶森的书。他激动得好像要吻我，但控制住了。‘我唯一一本留下来的书，还以为丢了。’他说，然后欣喜若狂地看着它。‘你知道，一个人独来独往，会遇到很多不测。有时，独木舟会翻掉——又有些时候，人家对你生了气，你得赶紧跑。’他翻着书页。‘你用俄语做笔记？’我问道，他点了点头。‘我还以为是密码呢！’他笑了，然后又变得严肃起来，‘我费了很大劲不让这些人靠近。’‘他们想杀你吗？’我问。‘哦，不！’他喊道，但控制住了自己。‘他们为什么攻击我们？’我进一步追问。

他迟疑了一下，羞愧地说：‘他们不想让他走。’‘是吗？’我感到好奇。他点了点头，一脸的神秘和智慧。‘我告诉你，’他喊道，‘这个人开阔了我的视野。’他敞开了双臂，蓝色的小眼睛盯着我，瞪得圆圆的。”

三

“我看着他，惊愕不已。他就在我眼前，身穿小丑的杂色衣服，像是从哑剧团逃出来的，充满热情，令人难以置信。他的存在本身就是不可能的、无法解释的，完全让人困惑的。他是个无解的问题。难以想象他为何会存在，他怎么会来到这么远的地方，他怎么能够活下来——他为什么没有立即消失。‘我走得远一些，’他说，‘再远一些——直到已经走出了这么远，以至于不知道自己怎么还能走回去。不管它，有的是时间，我能应付。你赶紧带库尔茨走——赶紧——我跟你说。’青春的魅力，包裹了他的杂色衣服、他的穷困、他的孤独、他毫无意义的漫游本质上的凄凉。一连数月——一连数年——他的生活朝不保夕，然而，他勇敢地、不假思索地存活着。很显然，仅仅是因为他的年少和无所顾忌的大胆。我受到了诱惑，禁不住欣赏他——像是一种嫉妒。有一股魔力驱使着他向前，这股魔力让他毫发无伤。无疑，他对荒野一无所求，只想要能够在其中呼吸的空间，只想要不断推进。他的需要是生存，是冒着最大的风险、忍受着极端的贫困向前。如果绝对纯粹、不计较、不切实际的冒险精神曾经主宰过一个人，那么它主宰着这个穿着补丁叠补丁衣服的年轻人。我几乎嫉妒他拥有这簇微小却清晰的火焰，它好像燃尽了一切对自己的思考，烧得如此彻底，即使是他跟你说着话，你都会忘记是他——你眼前的这个人——经历了这些事。但是，我不嫉妒他对库尔茨的忠诚，对此，他未曾深思。遇到了，他便像宿命一样热切地接受了。我得说，在我看来，不管从哪方面讲，这都是他目前为止遇到的最危险的事。

“他们不可避免地碰到了一起，如同两艘因无风而不能前进的船，停靠在了一起，船舷相互摩擦着。我想，库尔茨需要的是一个听众，因为有一次，他们在森林露营时，彻夜长谈，或者说，更有可能是库尔茨一个人在讲。‘我们无所不谈。’他说，回忆仍让他心中狂喜，‘我忘记了还有睡觉这回事，一夜恍若不到一小时。无所不谈！无所不谈！……包括爱。’‘啊，他跟你谈爱！’我说，觉得很好笑。‘不是你想的那样，’他几乎是很激烈地喊道，‘是泛泛而谈。他让我看到一些东西——一些东西。’

“他举起了双手。当时，我们在甲板上，劈柴工的领班懒洋洋地躺在旁边，用他发亮、睡眼蒙眬的眼睛看着这位年轻人，我看向四周。不知道为什么，但我向你们保证，这片土地、这条河、这里的丛林和燃烧的苍穹，在我看来，从来没有如此不可救药、如此黑暗，如此无法被人的思想参透，如此冷酷无情地对待人的弱点。‘那么，你从此当然是跟他在一起了？’我说。

“事实并非如此，好像他们的交往因为各种缘由而经常中断。像他骄傲地跟我说的，他曾经设法在库尔茨两次生病的时候，照顾他（提及此事，他像是在说一个危险的壮举），但按照惯例，库尔茨通常都是独自一人游荡，进到森林的深处。‘很多时候，来到这个站，我得等很多很多天，他才会出现。’他说道，‘啊，但值得等！——有时候是。’‘他做些什么呢？探险还是别的什么？’我问。‘哦，是的，当然了。’他发现了很多村庄，还有一个湖——他不知道具体在哪个方位；不宜问太多——但在多数情况下，他的出行都是为了象牙。‘但他已经没有可以交换的货物了。’我反驳道。‘仍然有很多弹药。’他回答，眼睛看着别处。‘简单说，他袭击这个地区的村落。’他点点头。‘而且肯定不是一个人！’我进一步推测，他嘟囔了些关于湖边村子的事。‘库尔茨让那里的部落追随他，对不对？’我暗示说。他有些烦躁不安。‘他们崇拜他。’他说。这话的语调如此特别，我探究地看着他。听他谈到库尔茨的时候，热切里夹杂着勉强，那是一种奇怪的感觉。那人充斥着他的生命，占据着他的思想，操控着他的情感。‘你期待什么呢？’他大声喊道，‘你知道，他带着雷电霹雳走进他们的生活——而他们从未见过这些——非常可怕。他可以很可怕。你不能用评判普通人的标准来评判库尔茨先生。不，不，不！好吧——只是为了让你有个概念——我不介意告诉你，有一天他也想杀了我——但我不评判他。’‘杀你！’我喊道，‘为什么？’‘哦，我有一点象牙，是在我住的附近，村子里的酋长给我的，因为我曾经为他们打猎。他呢，想要这些象牙，完全不听我理论。他声称，除非我把象牙给他并且滚出这个地区，否则他就杀了我，因为他可以这么做，并且想要这么做，如果他乐意去杀一个人，世上没有任何东西可以阻止他。这是真的，我把象牙给了他。我才不在乎！但是，我没有离开。不，不，我不能离开他。当然了，在我们再次变得友好之前，我得很小心。那时，他正生第二场病。在这之后，我得回避着，但我不介意。他多数时候住在湖周围的那些村子里。当他来到河边时候，有时会喜欢我，而另外一些时候，我最好小心点。这个人受了太多苦，他恨这一切，但又莫名其妙地离不开它们。一有机会，我就请求他趁着还有时间，试着离开这里，并且提出跟他一起回去。他答应下来，然后又会待着不走，又一次出发寻找象牙，一连消失几周，在那些人中间忘记自己——忘记自己——你明白吗？’‘哎呀！他疯了！’我说。他愤怒地抗议，库尔茨先生不可能疯。如果我听到他讲话，哪怕就在两天前，我也不会这么说……我们谈话的时候，我拿起了望远镜，朝岸上看去，扫视着左右两边还有屋后的森林。我觉察到灌木丛里有人，但他们是如此沉默、安静——像山上毁掉的房屋一样沉默和安静——这让我觉得不安。这个令人惊奇的故事，没有呈现在自然的面孔上。与其说这个故事是被人讲述出来的，不如说是暗示给我的，通过凄凉的喟叹，外加无奈的耸肩，还有断断续续的话语，以及在提示的末尾处的深深叹息。树木不为之所动，犹如一张面具——很重的面具，如同监狱关上的大门——它们观看着，一副隐而不宣但却知晓一切的神情，它们带着拒人于千里之外的沉默，耐心地期待着。俄国人跟我解释说，只是在最近，库尔茨先生才来到了河边，带来了湖边部落所有能打仗的人。之前，他离开了几个月——我想是在让人崇拜他——然后突然回到这里，其意图显然是要袭击河对面或下游的村落。很明显，对更多象牙的欲求战胜了——怎么说呢？——不那么物质的诉求。然而，他的病情突然恶化了。'听说他卧病在床，很无助，因此我就来了——碰碰运气。'俄国人说，'哦，他很糟糕，非常糟糕。'我把望远镜转向了房屋，看不到生命的迹象，但能看到破败的屋顶，长长的泥巴墙隐约出现在草丛之上，三个小小的方形窗户，没有两个是同样大小的，所有这一切好像一下被带到了我的手边。然后，我又快速转动了一下望远镜，已经消失的栅栏存留下来的一根柱子跃入了镜片。你们记得我说过，远远看到某些装饰，我很吃惊；衬托着这个地方破败的景象，那些装饰非常引人注目。现在，我突然一下近距离地看到了它们，第一个结果就是让我猛地把头往后仰，像是被迎面重击了一下。然后，我将望远镜慢慢地从一根柱子移到另一根柱子上，明白了自己的错误。这些圆形的球体不是用来装饰的，而是有象征意义的；它们很有表现力，但也令人困惑，非常醒目，也令人不安——它们是思想的食粮，也是秃鹫的美味，如果有秃鹫从天上往下看的话；无论如何，至少可以为蚂蚁所得，如果这蚂蚁足够勤奋，能够爬到柱顶的话。这些插在柱顶的头颅，如果不是面朝着房屋，会更加骇人。只有一个，我第一个认出来的那个，面朝着我。我没有你们想象的那么震惊，之所以后退只不过是一个吃惊的动作。你们知道，我本以为会看到一个木球。我又特意转回到第一次看到的那个——它就在柱头上，面色黝黑、已被晒干、两颊凹陷、眼皮紧闭——像是一颗在柱顶安睡的头颅；它双唇干瘪，露出窄窄一排白色的牙齿，还微笑着，大概是一直在笑这长眠里无尽欢快的梦吧！

"我没有暴露任何商业秘密。实际上，经理后来说库尔茨先生的方式毁了整个地区。就这点，我没有想法，但我希望你们清楚地明白，这些柱顶的头颅带不来任何切实的利益。它们只是表明，库尔茨先生在满足自己的种种欲望时，缺少节制；他本身有所欠缺——缺个小东西，当紧急需要的时候，在他宏大的雄辩之下，却找不到这种东西。他自己是否知道这个不足，我说不准。我想他在最后的时刻明白了这一点——只是在最后的时候。但是，荒野早早地发现了他的弱点，为了这异想天开的入侵，狠狠地报复了他。我想，它在他耳边低语了一些关于他的、他本不知道的事情；对于这些事，他原本毫无概念，直到与这巨大的孤独共谋——而这低语声，被证明具有无法抵挡的魅力，在他体内激起巨大的回响，因为他的内核是空的……我放下了望远镜，那近到可以交谈的头颅仿佛立马跳跃开来，去了无法触及的远处。

“库尔茨先生的仰慕者有些沮丧。他开始用急促、模糊的声音向我保证，他不敢把这些——怎么说呢，象征——取下来。他不害怕那些当地人，如果库尔茨不发话，他们不敢动。他的权势非同寻常。当地人的帐篷包围了这个地方，酋长们每天都要觐见他。他们爬着见他……‘我不想知道任何靠近库尔茨先生时用到的礼仪。’我喊道。很奇怪，我突然觉得，这些细节比库尔茨窗前树桩上晾晒着的头颅，更加让人难以忍受。毕竟，那只是个野蛮的景观。但是，我像是一下跃入了某个没有光的地带，充满了微妙的、令人恐怖的事物。在那里，简单纯粹的野性是真实的安慰，而且是——很显然地——有权利在阳光下存在的东西。那个年轻人惊讶地看着我，我想他没有意识到，库尔茨先生不是我的偶像。他忘记了，我没有听过任何一次精彩的独白；关于什么的呢？爱、正义、生活准则——其他种种。如果说需要在库尔茨先生面前爬行，他爬的一点都不比最纯种的野蛮人少。他说我不了解情况，这些是反叛者的头颅。我大笑起来，他震惊极了。反叛者！接下来我还会听到什么样的定义？已经有敌人、罪犯、工人——而这些，是反叛者。这些顶在柱顶的、反叛者的头颅，在我看来很驯服。‘你不知道这样的生活，如何折磨着一个像库尔茨一样的人。’库尔茨最后的信徒呼喊着。‘好啊，那你呢?’我说。‘我！我！我是个简单的人，没有伟大的思想，不想要任何别人的东西。你怎么能把我比作……？’他太激动了，不知道如何表达，突然崩溃了。‘我不明白。’他痛苦地说，‘我尽了最大努力让他活下来，这就足够了。而这一切，都与我无关。我没那么大能耐。好几个月了，这里既没有一滴药，也没有一口适合病人的食物。他被可耻地抛弃了。这样一个人，有着这样的想法。可耻！可耻！我——我——在过去的十个晚上都没睡过……’

“他的声音消失在宁静的傍晚里。我们交谈的时候，森林长长的影子滑到了山下，越过了破败的茅舍和那些有象征意义的柱子。所有这一切都隐藏在了昏暗里，而我们在河上的人，尚在阳光里；与空地相齐的河段铺展着，闪烁着平静耀眼的光泽；河段上下两处各有一个浑浊的蒙着阴影的河湾。岸上看不到一个活人，树丛里也没有响动。

“突然，有一队人出现在房子的拐角处，好似是从地底下钻出来的。他们在齐腰深的草丛里走着，是个紧凑的整体，中间抬着一个临时做成的担架。瞬时，在空旷的山水间，响起了一声呼喊，它尖厉的声音划破了平静的天空，犹如一支锋利的箭径直刺入大地的心脏；水流般的人群，像是中了魔咒——赤裸的人们——手执长矛、弓箭、盾牌，目光狂野，动作粗蛮，被黑脸的、忧郁的森林倾吐到了空地上。一时间，树丛摇曳、野草舞动，继而一切静立不动，而且专注。

“‘现在，如果他不对他们说合适的话，我们就都完了。’俄国人在我肘边说。那撮抬担架的人也停了下来，到达汽船的路刚走了一半，他们像石头一样呆立在那里，一动不动。我看到担架上的人坐了起来，身体细长；他举起了一只手臂，高过了抬担架的人的肩膀。‘让我们共同期待，这个能够对爱泛泛而谈，而且谈得如此之好的人，这次能找到一个特别的理由，免我们一死。’我说道。我极其憎恶我们近乎荒诞的危险处境，好像任由这个残暴的幻影摆布是一种令人耻辱但又无法逃避的事。我一点都听不到，但借着望远镜我能看到那瘦瘦的胳膊不容分说地伸着，下巴动着，那如同幻影般的眼睛在他瘦骨嶙峋的头上发着黑光，他的头怪异地痉挛着。库尔茨——库尔茨——在德语中的意思是‘短的’——不是吗？好吧，这个名字是真实的，就像他的生命和死亡中任何的其他东西一样。但是，他看上去至少有七英尺长，身上盖着的东西滑落了，他的身体露了出来，像是从裹尸布里露出来的，既可怜又可怕。我能看到他所有的肋骨都在动，他胳膊上的骨头在挥舞，就像是用老象牙雕刻出来的能动的死神一样，用一种恐怖的姿态朝一群不动的人挥手——这群人是由黑色发亮的青铜做成的。我看到他张大了嘴巴——这让他看上去古怪而贪婪，好像他要吞下所有的空气、所有的土地和眼前所有的人。一个低沉的声音传进了我的耳朵，他一定是在喊，然后突然向后倒下了。抬担架的人蹒跚着，继续往前走，担架摇晃着。几乎就在同时，我注意到野蛮人在消失，他们的撤退没有留下任何痕迹，好像突然把他们喷出来的森林，又吸了回去，犹如人在深呼吸时吸的气一样。

“有朝圣者跟在担架后面，拿着库尔茨的武器——两支霰弹猎枪、一架重机枪、一把轻型左轮卡宾枪——那可怜的朱庇特的雷电霹雳。经理走在他的头边，俯身跟他低语着。他被安置在其中一个小舱室里——你们知道，只有一张床、一两把折椅的那种。我们带来了他迟到的信件，他的床上到处都是撕开的信封和打开的信纸，他的手无力地摸索着这些纸张。他眼中的激情、表情里泰然自若的疲倦，深深地触动了我。好似不是病痛耗尽了他，他不像是哪里疼。这个人影看上去饱满、镇定，在这一刻，他好像得到了各种情感满足。

“他摩挲着其中的一封信，直视着我说：‘我很高兴。’有人在信中向他提到了我。这些特别推荐又出现了。他发声毫不费力，甚至连嘴唇都不动一下，但音量很大，令人惊奇。一个声音！一个声音！这声音缓慢、深沉、颤动，而发声的人，似乎都没有耳语的气力。然而，他有足够的力气——无疑是故意的——差点葬送我们所有人，就像你们马上要听到的那样。

“经理默默地站在门口，我立马走了出去，他在我身后拉上了帘子。俄国人的眼睛盯着岸边，而朝圣者们好奇地偷看他。我顺着他的目光看过去。

“看得出远处黑色的人影，不甚清晰地掠过森林昏暗的边缘。靠近河岸的地方，有两个青铜般的人像，靠着长矛，站在阳光里；他们戴着古怪的头饰，皮肤上画着斑点，好战却又静止，如雕塑般歇憩着。自右向左，沿着光照着的河岸，有个女子，野蛮而美丽，幽灵般地挪动着。

“她审慎地踱着步子，穿着饰着流苏的条纹褶皱裙，傲然站在大地上，身上的蛮族饰品闪着光，发出轻灵的叮当声。她高昂着头颅，头发做成了头盔的样子，黄铜做的绑腿一直缠到膝盖，黄铜丝做成的手链直到肘部，黄褐色的面颊上点着鲜红的点，脖颈上戴着难以计数的玻璃珠项链，奇奇怪怪的东西——符咒、巫师的赠礼挂满了她的全身，这些饰物随着她的动作闪烁、颤动着。她的这身穿戴，应该值好几根象牙。她野蛮而华美，狂热而威严，她从容的步履，有种不祥而庄严的东西在里面。寂静突然降临到整个悲痛的大地、无垠的荒野——丰饶而神秘的生命那巨大的躯体——好似在看着她，抑郁而哀伤，仿佛在观看自己黑暗而热情的灵魂之映像。

“她来到了与汽船相齐的位置，静静地站着，面对着我们，她长长的影子落到了水边。她脸上的神情悲壮而狂热，近乎疯狂的悲痛和令人麻木的痛苦与恐惧掺和着，这恐惧源于仍处在挣扎中的、尚未成型的决心。她站在那里，看着我们，一动不动，犹如荒野本身，带着居心叵测的神情。整整一分钟过去了，她向前迈了一步。有低回的叮当声，黄色金属的闪光，流苏裙的轻摇，然后，她停下了，好似灰心了。我身边的年轻人低声咆哮着，朝圣者们在我身后窃窃私语着。她看着我们所有人，仿佛她的生命系在她坚定不移的目光上。突然，她张开了双臂，把它们僵硬地举过头顶，好像有一种无法控制的欲望，想要触摸天穹，与此同时，快速的阴影投向大地，扫过河流，将汽船笼进阴暗的怀抱里。可怕的寂静笼罩着整个场景。

“她慢慢地转过身，沿着河岸继续前行，走进了左边的丛林。在消失之前，只有一次，她发光的眼睛在暮色的灌木丛里回望了我们一眼。

“‘如果她提出登船，我想我真的会朝她开枪。’那个穿着杂色衣的人紧张地说，‘过去两周，我每天都冒着生命危险不让她进屋。有一天，她进来了，大吵大闹，就因为我从储藏室里捡了一些破布，来缝补我的衣服。我不够体面。应该就是为了这个，她像复仇女神一样跟库尔茨吵了一个小时，还时不时地对着我指指点点。我不懂这个部落的方言。算我走运，库尔茨那天我想是病得太重了，否则就麻烦了。我不明白……不——我明白不了。啊，好吧，现在结束了。’

“这时，我听到帘布后面库尔茨低沉的声音：‘救我！——你是说要救象牙吧！别跟我说，救我！为什么？因为是我要救你们。你现在干扰了我的计划。生病！生病！病得并不像你愿意相信的那么重。没有关系，我还会实施我的想法——我还会回来的。我要让你看看可以做些什么。你和你的那些小打小闹的想法——你在干涉我。我会回来。我……’

“经理走了出来。他让我受宠若惊，他竟然挽起了我的胳膊，把我带到了一边，说：‘他的情况很糟，很糟。’他觉得该叹口气，但却忘记表现出相应的悲伤。‘为了他，我们做了我们所能做的一切，不是吗？但是，一个无法掩盖的事实是，库尔茨先生为公司所做的，弊大于利。他不明白，采取强有力行动的时机还不成熟。慎重，再慎重——这是我的原则。我们还得要慎重才行，这个地区怕是要对我们关闭一段时间了。糟透了！整体来说，贸易会受创。我不否认象牙的数量可观——但多数是从地下挖出来的。无论如何，我们得保住它们——但你看，处境多么危险——为什么呢？方法不当。’‘你叫它，’我看着河岸说，‘方法不当？’‘毫无疑问，’他激动地大声说，‘你不觉得吗？’……‘根本就没方法。’我过了一会儿才低声回答。‘完全正确。’他欣喜若狂，‘我早料到了，表现得完全没有判断力。我有责任向相关部门说明此事。’‘哦，’我说，‘那个伙计——他叫什么？——那个造砖的人，会为你撰写一份读起来津津有味的报告。’有那么一会儿，他看上去惊慌失措。在我看来，我好像从未呼吸过如此肮脏的空气，我在精神上转向了库尔茨求助——绝对是种求助。‘虽然如此，我觉得库尔茨先生是个了不起的人！’我强调说。他吓了一跳，又冷又重的目光落到我身上，非常安静地说：‘他是了不起。’然后转身背对着我。我受宠的时间过去了。从此，我发现自己和库尔茨绑在了一起，都是冒进派的党羽：我是不牢靠的！啊！即使是选择了噩梦，也是做出了选择啊！

“实际上，我是转向了荒野，而不是库尔茨。库尔茨，我得承认，是已经入土的人了。有那么一刻，我觉得自己好像也被埋葬了，埋进了一个巨大的坟墓，里面都是不可说的秘密。我感到有难以承受的重量压在胸口，潮湿的土地散发出的气味，获胜的腐败的存在，无法穿透的黑夜，伸手不见五指的黑暗……俄国人拍了拍我的肩。我听到他含糊地、结结巴巴地说什么‘水手兄弟——无法隐瞒——会影响到库尔茨先生声誉的事’。我等着。对于他来说，库尔茨先生显然还没入土；我怀疑对他来说，库尔茨先生应在不朽之列。‘哎呀！’我终于说道，‘你就说吧！碰巧，从某种角度看，我是库尔茨先生的朋友。’

“他颇为正式地宣称，如果我们不是‘同样的职业’，他会不计后果，只让自己知道这件事。他怀疑‘这些白人对他表现出压抑不住的敌意——’‘你是对的，’这让我想起了无意中听到的某次谈话，‘经理觉得你该被绞死。’对于这个信息，他表现出了关切。起初，我觉得有些好笑。‘我最好是悄悄离开。’他严肃地说，‘现在，我为库尔茨先生做不了什么了，不久，他们就会找出借口。有什么能阻止他们呢？距离这里三百英里，有个军事据点。’‘好吧，的确如此。’我回应道，‘如果你在附近的野蛮人那里有朋友，或许你最好离开。’‘朋友很多。’他说，‘他们是淳朴的人——我什么都不想要，你知道的。’他站在那里，咬着嘴唇：‘我不想这些白人受到伤害，但我当然想着库尔茨先生的荣誉——而你是个水手兄弟——’‘没事的，’过了一会儿，我对他说，‘库尔茨先生的荣誉在我这里是安全的。’其实，我也不知道自己这话有多少的真实性。

“他压低了声音，告诉我：是库尔茨先生下的命令，袭击蒸汽船。‘有时，一想到要被带走，他就觉得憎恨——然后又是……但我不明白这些事，我是个简单的人。他以为会把你们吓走——你们会放弃，以为他死了。我无法阻止他。哦，为此，过去的这个月，我的日子很不好过。’‘很好，’我安慰他，‘库尔茨现在没事了。’‘是——是——是的。’他喃喃自语，显然不是太相信。‘多谢你，’我说，‘我会多加留意。’‘但别声张——呃？’他焦急地要求我，‘他的声誉会遭受重创，如果这里有人——’我非常严肃地承诺自己会十分谨慎。‘我有一个独木舟和三个黑人伙计在不远处等我，我得走了。你能给我点马蒂尼-亨利步枪的子弹吗？’我能，也给了他，当然是秘密给的。他朝我眨了一下眼睛，还自己抓了一把烟草。‘咱们水手之间——你知道的——高品质的英国烟草。’在操舵室门口，他转过身，‘嘿，你有一双多余的鞋子吗?’他抬起了一条腿,‘瞧!’鞋底用了打结的绳子,像凉鞋一样绑在他的赤脚上。我翻出了一双旧鞋,他赞赏地看着,然后夹在了腋下。他的一只(鲜红的)口袋里装满了子弹,‘陶森的研究’和其他很多很多东西从另一只(深蓝色的)口袋向外探头。他好似觉得自己得到了极好的装备,可以重新面对荒野了。‘啊!我永远永远都不会再遇到这样一个人了。你真该听听他背诵诗歌——而且是他自己的诗,是他告诉我的。诗歌!’想到这些乐事,他翻起了眼睛,‘哦,他扩充了我的心智!’‘再见!’我跟他道别。他握了握我的手,消失于黑夜里。有时,我会问自己,是否真的见过他——遇到这样一个现象,是否可能!……

“午夜稍过,我醒了过来,想起了他暗含危险的警告。在星空下的夜色里,这个警告足够真实,竟使得我起身,四处巡视了一下。在山上,有一堆大火在燃烧,时不时地照亮房屋扭曲的一角。有一个代理,带着几个我们的黑人,身上装备着武器在做警戒、看守着象牙,但在森林深处,摇曳着红色的微光,这光夹杂在漆黑杂乱的柱状形体中间,好似在大地上时起时落,显示出营地的确切位置。在这里,库尔茨先生的崇拜者们正不安地守着夜。一个大鼓单调地敲击着,让空气中充满了沉闷的击打声和挥之不去的余震。还有持续不断的嗡嗡声,是很多人在各自吟唱某个奇怪的咒语,这声音从黑暗平坦的林木之墙传出来,如同蜜蜂们飞出蜂巢，对我似醒还睡的感官有一种奇怪的麻醉作用。我相信自己靠着围栏睡了过去，直到突然爆发的呼喊声——一种被压抑的、神秘的狂怒势不可挡地发作——把我唤醒，醒来时带着痛苦惊奇的感觉。但这声喊叫被突然切断了，低沉的嗡嗡声继续着；它的效果，如同那听得到且抚慰人心的寂静。我不经意地瞥了一眼小舱室，里面点着一盏灯，但库尔茨先生不在。

“我想，如果当时相信自己的眼睛，我会发出一声尖叫的。但我一开始并不相信它们——这事好像太不可能了。事实上，我被一个纯粹而空洞的恐惧完全吓掉了魂，与任何有清晰轮廓的身体上的危险都没有关系。是什么使得这种情绪如此难以抵挡——让我如何形容它呢？——我受到的是一种道德上的冲击，它像是某种完全荒诞的东西，一种无法想象且令灵魂憎恶的东西，被出乎意料地强加在我身上。当然了，这种情绪大概仅仅持续了一秒钟。然后，我看到了正在逼近的、通常意义上的、普通但却致命的危险——一次突然的袭击和屠杀的可能性，以及其他类似的事件。意识到这一点，绝对是愉快且令人心安的。事实上，它让我如此平静，以至于没有发出叫喊声。

“有一个代理，裹了一件系着扣的阿尔斯特大衣[①]，睡在甲板的一把椅子上，离我有三英尺远。喊叫声没有惊醒他，他轻轻地打着鼾。我让他继续睡，自己跃身上了岸。我没有背叛库尔

① 维多利亚时期的一款男士大衣，其典型特征是带有垂及肘部的披风。

茨——我永远不应背叛他，这是命令——我应该忠于自己对噩梦的选择，这是命。我很着急，想要自己来对付这个影子——直到今天，我也不知道自己为什么那么戒备，不想跟任何人分享那段经历所特有的黑暗。

“我一到岸上，就看到了一些踪迹——一条穿过草丛的、宽宽的小径。我还记得自己带着狂喜自语道：‘他走不了路——他在四肢着地爬行——我逮到他了。’草上都是露水，我双拳紧握，快速往前走。真没想到，我竟然有个模糊的想法，想要进攻他，痛打他一顿。不知为什么，自己当时会有一些愚蠢的想法。那个织毛衣的老妇人和她的猫闯进了我的记忆里，让我觉得她坐在这样一件事的另一端，是最不合适的人选。我看到一排朝圣者把枪放在胯边，朝天发射着温彻斯特连发步枪里的铅弹。我想象着自己再也回不了汽船，独自一人，没有武器，生活在丛林里，一直到老。当时想的，都是些类似的蠢事——你们知道的。我还记得，自己把心跳和鼓声混在一起，我喜欢它平静有序的节奏。

“但我仍然沿着踪迹追赶——然后停下来听。夜空明朗，深蓝色的空间里闪烁着露水和星光，黑色的物体静立其中。我好像能看到前方有东西在动。那天晚上，很奇怪，我对一切都感到确信无疑。实际上，我离开了轨道，跑了一个大大的半圆（我真的相信自己在暗自发笑），以便拦住那个正在动的东西，那个我所看到的移动物——如果说我确实看到了什么的话。我在智取库尔茨，好似在玩一个男孩的游戏。

“我跟他碰了面，如果不是他听到我来了，及时站了起来，我可能会倒在他身上。他站起身，但不稳，身形修长，苍白无力；他的影像不甚清晰，如同大地呼出的雾气；他稍稍地摇晃着，模糊、沉默地立在我面前。在我身后，火堆里的火在树木之间隐约可见，从森林里发出了很多低语声。我聪明地切断了他的去路，但当真正面对他的时候，好像才醒悟过来，意识到危险有多大。无论如何,事情还没结束。假使他开始喊叫？虽然他几乎站不住，但声音还是很有力。‘离开这里——躲起来。’他用深沉的声音告诫我。当时的感觉十分可怕，我向后看了一眼，我们距离最近的火堆不到三十码。映着火光，一个黑色的人影站了起来，长长的黑腿迈着大步，挥舞着长长的黑胳膊。黑影头上长着角，我想是羚羊的角，看上去足够魔性，他无疑是个巫师或神巫。‘你知道自己在做什么吗？’我耳语道。‘完全知道！’他回答，还为此提高了声音。这声音在我听起来很遥远，但很大声，像是用扩音器打了个招呼。我心里想：他如果吵闹，我们就完了。此事显然不宜拳斗，即使排除我个人天然的反感：我不愿去打那个影子——这个流浪的、受尽折磨的东西。‘你会迷失自己，’我说，‘完全地迷失！’你们知道，人有时候会灵光一现，说出警语。我的话击中了要害，虽然事实上，他在该时该刻早已经是无可挽回地迷失了，但是，也是在这一刻，我们之间亲密的基础被奠定了——并将持续——不断地持续——直到结束——甚至是在结束之后。

"'我有个宏伟的计划。'他不太坚定地抱怨。'是的,'我说,'但如果你想喊,我会打碎你的头——'但用什么打呢?附近既没有木棍也没有石头。'我会狠狠地掐死你!'我纠正了自己。'我已站在伟大事物的开端。'他恳求道,声音里饱含着渴望,那伤感的语调让我的血液变冷,'而现在,就为了这个愚蠢的卑鄙小人——''不管怎么样,你在欧洲的成功是确定无疑的。'我沉稳地断言。你们明白,我并不想掐死他——确实,这没有任何实际的用处。我试图打破魔咒——荒野巨大而无声的魔咒——它通过唤醒被遗忘的野蛮本能,通过对可怕激情的满足和回忆,好似把这个人拉到了自己无情的胸口上。我相信,就是这个,驱使着他来到森林的边缘,来到丛林,走向火光,走向律动的鼓,走向嗡嗡怪异的咒语;就是这个,诱使他不法的灵魂,越过了被允许的志向的边界。难道你们没有看到吗?当时处境的可怕之处,不在于脑袋被打——尽管对这个危险,我也有异常真实的感受——而在于,我要对付的这个人,无法用任何高尚或低下的东西来呼求。我得像黑人一样,祈求他——祈求他本身——他自己崇高的令人难以置信的堕落。在他之上或之下,都没有别的存在,这我知道。他把自己踢离了地球。该死的!他把地球本身踢了个粉碎。他孤身孑立,在他面前,我不知道自己是站在地上还是飞在空中。我在跟你们说我们当时所说的话——向你们重复我们的措辞——但有什么用？它们都是些普通的、每天都用的字——都是在每个醒着的日子里，人们彼此交换的熟悉而模糊的声响。但这又怎么样呢？在我看来，在这些字词的背后，有梦中所闻之词、噩梦所呓之语的可怕暗示性。灵魂！如果有任何一个人曾经与灵魂搏斗过，那这个人就是我。而且，我也不是在跟一个疯子争论。信不信由你们，他的理智完全清醒——而且专注，虽然它的确是带着可怕的强度只专注于他自身，但却是很清楚。这是我唯一的机会——阻拦他。当然了，在该时该地杀死他不是很好的选择，因为会不可避免地闹出声响。但是，他的灵魂疯了！独自待在荒野，它窥探了自己，然后，老天！我跟你们说，它发了疯。我得——我想是因为我的罪——经历亲自窥视灵魂的严酷考验。没有任何雄辩，能够像他最后爆发出的真诚那样，如此让人对人类的信仰枯萎。他也在和自己挣扎，我看到了——我听到了。我看到了一件无法想象的神秘之事，一个不知道节制、没有信仰、不懂得恐惧的灵魂，盲目地跟自己搏斗着。我很好地保持着头脑的清醒，但当我终于让他躺回到沙发上时，忍不住擦了擦额头，而我的双腿也在颤抖，仿佛我是背着半吨重的物件下了山。然而，我只是支撑着他而已，他瘦骨嶙峋的胳膊架在我的脖子上——而他，比一个孩子重不了多少。

“第二天中午，在我们离开的时候，人群——那个躲在树帘之后，我始终强烈感受着他们在场的人群，再次涌出了树林，挤满了空地，用赤裸的、喘息的、颤动的、成群的青铜般的躯体，覆盖了山坡。我稍稍地打开了气阀，把船掉头驶向下游，两千只眼睛追随着凶猛的河怪，看它如何拍着水、猛力前移，用它可怕的尾巴打着水，向空中喷吐着黑烟。在河边，在第一排要员之前站着三个人，从头到脚涂满了亮红色的泥土，来来回回，趾高气扬又焦躁不安地走动着。当我们再次经过他们的时候，他们面向河水，跺着脚，点着他们戴着羚羊角的头，摇动着他们鲜红的身体，他们朝着凶猛的河怪抖动一串黑色的羽毛、一张垂着尾巴的肮脏的皮毛——它看上去像一个晒干了的葫芦。他们周而复始地齐声呐喊，喊出一连串令人惊奇的词语，不像是人类的语言。低沉的低语声突然间被打断，像是某种邪恶连祷做出了回应。

“我们把库尔茨先生搬到了操舵室，这里空气更流通一些。他躺在沙发上，看过开着的百叶窗。人群里掀起了漩涡，那个头发梳成头盔模样、黄褐色脸颊的女人冲了出来，到了水边。她伸出了双手，喊出了什么，整个狂野的人群跟着她一起喊起来，汇成咆哮的合唱——清晰、急促、气喘连连的话语汇成的合唱。

“‘你听得懂吗？’我问。

“他继续越过我向外看着，炽烈的眼睛里充满向往，表情里混杂着渴望和憎恶。他没有回答，但我看到一个微笑，一个无法定义的微笑，出现在他没有血色的双唇上，而这嘴唇，即刻抽搐、扭曲起来。‘我能不懂？’他慢慢地说，喘息着，好似这些字词是由一种超自然的力量从他身上撕下来的。

“我拉了拉汽笛的绳子。之所以这么做，是因为看到甲板上的朝圣者们拿出了步枪，像是要尽情戏耍一番。伴随着一声突然的尖叫，绝望的恐惧穿过呈楔形挤在一起的大量人体。‘不要！不要！你把他们吓跑了。’甲板上有人不快地大喊着。我一次又一次地拉响汽笛。他们四散开来，有的跑，有的跳跃，有的蹲伏，有的转向，他们躲避着那带着恐惧飞行的声音。那三个红色的家伙，脸朝下直直地趴在了河岸上，像是被枪射中，死了。只有那个野蛮、超凡的女人毫不畏惧，朝着我们身后灰暗的、闪闪发光的河水，悲哀地伸长了她裸露的双臂。

“这时，下面甲板上那些愚蠢的人开始了他们的逗乐，因为枪射出的烟，我什么也看不到了。

“棕色的河水快速流出黑暗之心，把我们带向海的方向，它是来时速度的两倍，而库尔茨的生命也快速流逝着，衰落着，衰落着，从他的心中流出，衰落至不可逆转的时光之海。经理非常平静，没有了生死攸关的焦虑。他用一个综观一切的、满意的眼神，把我们两个人包含在内：‘事情’的结果好得不能再好了。我能看到时间在靠近，到时，我会独自作为‘冒进派’的党羽留下来。朝圣者们看我的眼神透着不喜欢。可以说，我被和死人归在了一起。很奇怪，我是如何在这片黑暗的、被这帮卑劣贪婪的幽灵人侵的土地上，接受了这个未曾设想的伙伴关系、这个强加在我身上的对噩梦的选择。

“库尔茨演说着。一个声音！一个声音！一直到最后，它都发出深沉的回响。这个声音在他的气力消退之时，仍旧存活着，存活在其雄辩的华丽皱褶里，存活在其心脏空洞的黑暗里。哦，他挣扎！挣扎着！眼下，在其疲惫大脑的废墟上，出没着虚幻的意象——财富和荣耀的意象献媚地围绕着他不灭的天赋旋转，他那做出宏伟、崇高表述的天赋。我的未婚妻、我的贸易站、我的事业、我的思想——这些是那崇高情感偶尔表达的主题。原本的库尔茨已经不在，他的阴影时常拜会这个空壳般的赝品，其命运是将被埋入原始大地的土壤里。他的灵魂，餍足了原始的情感，渴望骗人的名望、虚假的荣耀、所有成功和权力的表象；此时，对于他的灵魂曾经透视的神秘之物，恶魔般的爱和非尘世的恨都在争抢其归属。

“有时，他孩子气得令人鄙视。他希望自己从可怕的乌有之乡回到欧洲时，会有国王在火车站接见他。他想在这乌有之乡成就大事。‘你让他们看到你本身真的有利可图，他们对你能力的认可就没有止境。’他会这样说，‘当然了，你得把握好动机——正确的动机——始终如一。’长长的河段，千篇一律，单调的河湾，如出一辙，它们滑过了船舷；众多古老的树木，耐心看视着这艘来自另一个世界的污秽碎片，这个变革、征服、贸易、屠杀、赐福的先驱。我的眼睛看着前方——驾驶着船。‘关上百叶窗，’库尔茨有一天突然说，‘看着这个，我受不了。’我把窗关上了。片刻的沉默。‘哦，但我还会掳获你的心的！’他朝着看不见的荒野大喊。

“我们出了故障——正如我所料——不得不停靠在一个小岛的前端，进行维修。这个延迟最先动摇了库尔茨的信心。一天早上，他给了我一包文件和一张照片——它们用一根鞋带绑在一起。‘替我保管。’他说，‘这个可恶的傻瓜（指经理），会在我不注意的时候，窥探我的箱子，他做得出来。’下午的时候，我又看到他。他闭着眼睛平躺着，我静静地退了出来，但听到他低语，‘活得正当，死，死得……’我听着，但没有了。他是在睡梦里演练自己的演讲吗？是出自报纸文章的只言片语吗？他本来为报纸撰稿，打算回到欧洲后继续这么做：‘为了推进我的思想，这是责任。’

“他的，是无法穿透的黑暗。我看着他，就像你们向下凝视着一个躺在悬崖底部的人，这是一个阳光照不到的地方。但我没有太多时间花在他身上，因为我在帮着负责引擎的人拆卸漏水的汽缸、扳直一个弯曲的连杆，还有其他类似的事。我生活在地狱般的杂乱里，铁锈、锉末、螺母、螺栓、扳手、锤子、棘轮钻——这些我痛恨的东西，因为我搞不定它们。我照管着那个小小的锻造炉，很幸运我们把它带到了船上。我疲惫费力地在废料堆里工作着——除非心绪不宁，也无法再忍受它。

“一天傍晚，我拿着一根蜡烛走进操舵室，听到他颤抖着说：‘我躺在此处的黑暗里，等待死亡。’我被吓了一跳。其实，烛光就在离他眼睛不到一英尺的地方。我迫使自己低语道：‘哦，胡说！’但却呆站在他旁边，动不了。

“在这世上，我从未见过任何接近于他容貌变化的东西，也永远不希望再看到。哦，我不是被触动，而是被它迷住了。好似面纱被撕碎了，我在那象牙般的脸上，看到忧郁的骄傲、无情的力量、怯懦的恐惧——强烈而不可救药的绝望。在那完全获取知识的至高瞬间，他在重新活过生命的每一个细节吗？每一个欲望、诱惑、屈服曾经有过的细节吗？对着某个意象、某个幻觉，他用耳语发出了呼喊——他喊了两次，但那喊声，仅仅是呼出的气而已——

“‘恐怖！恐怖！’

“我吹灭蜡烛，离开了船舱。朝圣者们在餐厅用餐，我在经理的对面就座。他抬起眼睛，向我投来问询的目光，而我，成功地忽略了。他往后靠，平静安详，带着他独特的微笑，密封起他的卑鄙——那无以言传的深度。小苍蝇像阵雨一样不断地往灯上、桌布上、我们的手和脸上落。突然，经理的侍童把他粗野的黑头伸进了门口，用尖刻、鄙夷的语气说——

“‘库尔茨先生——他死了。’

“所有的朝圣者都冲出去看。我没动，继续吃我的晚餐。我相信他们觉得我残忍无情。然而，我没吃多少。餐厅有盏灯——光，你们难道不明白吗？——而外面，是那么残忍的黑暗。我没有再走近那个非凡的人，他为自己的灵魂在这个地球上的历险做出了宣判。那个声音没有了，还剩下什么呢？我当然知道，第二天，朝圣者们在一个泥坑里埋了样东西。

“他们也几近于埋葬了我。

“然而，正如你们看到的，我没有在该时该地加入库尔茨，我没有。我活着，做着噩梦，直到最后，来再一次向库尔茨显示我的忠诚。命。我的命！生命是可笑的事——神秘的安排，却有着无情的逻辑，为的又是无谓的目的。你从中可以期望的，最多也就是对自己的一点了解——又通常来得太晚——最终收获的，是无法泯灭的遗憾。我和死亡博弈过，那是你所能想象的最单调乏味的竞技。它发生在摸不着的灰色里，脚下没有东西，四周也没有东西，没有观众，没有喧闹，没有荣光，没有巨大的取胜欲望，没有失败的巨大恐惧，在一个不温不火、充满怀疑、令人不适的氛围里，你不太相信自己的权利，更不相信对手的权柄。如果说这就是终极智慧的样子，那么，生命是个比我们每个人所能想象的更大的谜。我与发出断言的最后机会只在毫发之间，然后，我满是屈辱地发现，我很可能无话可说。这就是为什么我断定库尔茨是个非凡的人，他能有东西说，而且他说了出来。我也窥视过生存的边缘，更能理解其凝视的含义；那凝视无法看到烛光的火焰，但却足够宽，能够囊括整个宇宙，也足够犀利，能够看透所有在黑暗中跳动的心。他做了总结——他得出了判断：‘恐怖！’他是非凡的人。毕竟，这是某种信仰的表达：它正直公正，有坚定的信念，在其低语中颤动着反叛的音符；它的面孔令人惊骇，那是对真相的惊鸿一瞥——是欲望与恨的奇怪融合。我记得很清楚的，不是自己经历过的极端处境——一个灰色没有形体的幻象，它装满身体的病痛，还有对万物幻灭漫不经心的蔑视——甚至是对病痛本身的蔑视。不！好似我所经受的，是他经历过的绝境。的确，他迈出了最后一步，他跨越了边缘，而我得以被允许，在边缘的地方，收回我迟疑的脚步。或许，这里就是所有的不同之所在；或许所有的智慧、真相、真诚，都被压缩进了那个不易被觉察的瞬间；在这一片刻，我们跨越了冥界的门槛。或许！我愿意这样想象：我自己的总结不会是一个随意发泄的轻蔑的词。他的呼喊要好得多——好很多。它是一个肯定，一个道德的胜利；为了这个胜利，他经历了无数的挫败、恶劣的恐怖和令人憎恶的满足。但这是个胜利！这就是为什么我一直到最后，甚至是在这之后，在整件事过去很久之后，当我再次听到其回响的时候，都保持着对库尔茨的忠诚；那不是他自己的声音，而是其华丽雄辩的回响，被一个像水晶悬崖般纯洁半透明的灵魂抛掷给我。

“不，他们没有埋掉我，尽管有一段时间我的记忆是模糊的，想起时带着震颤与惊奇，犹如一条通道，它穿越了一个无法想象的世界，在这个世界里，没有希望，也没有欲望。我发现自己回到了墓穴之城，憎恨地看着人们匆匆穿过街道，去窃取些许钱财，去吞食他们声名狼藉的饭菜，去灌下他们不健康的啤酒，去做他们卑微愚蠢的梦。他们侵入我的思想，他们是入侵者。他们对生活的了解对于我来说是令人气恼的虚伪，因为我是如此确信：他们不可能知道我所知道的事情。他们的举止，仅仅是平庸之辈的行径，他们在有安全保障的情况下各行其是。这样的行为冒犯着我，如同愚蠢在它无法理解的危险面前，做着令人无法忍受的炫耀。我没有特别的欲望要去启迪他们，但我很难控制住自己不当面取笑他们，因为他们是那么愚蠢地自以为是。我敢说自己当时的健康状况不太好。我踉踉跄跄地走在街道上——有各种需要解决的事情——悻悻地对着完全受尊重的人士咧嘴而笑。我承认自己的行为不可原谅，但在那些日子里，我的体温很少正常过。我亲爱的舅妈试图‘养足我气力’的努力，好似完全不搭边。我的气力不需要养护，是我的想象力需要慰藉。我保存着库尔茨给我的那捆文件，不知道该拿它怎么办。他的母亲最近去世了，有人告诉我，是他的未婚妻料理善后的。一个胡子刮得干干净净，戴着金边眼镜，官味十足的人有一天来访，问询我。他一开始拐弯抹角，后来为了某些他称之为‘档案’的东西，温和地给我施压。我并不惊讶，因为在那里的时候，我们就已经为此和经理吵了两架。当时，我拒绝给出那个包裹里的任何纸片，跟这个戴眼镜的人，我也是同样的态度。最后，他变得阴郁险恶，颇为激烈地争论说，公司有权利拥有关于其‘领土’的任何信息，而且‘库尔茨先生对尚未涉足地区的了解肯定是广泛而特别的——由于他伟大的能力，还有他所处的恶劣的环境，因此’——我向他保证，库尔茨先生所知道的，不管多么广泛，都与商业和管理无关。他又以科学之名发话，‘如果……将会是不可估量的损失’，等等，等等。我给了他《镇压野蛮习俗》这份报告，但把附言撕掉了。他急切地拿起报告，但结果只是带着鄙夷的神情嗅了嗅。‘这不是我们所期待的。’他评论道。‘那就不要期待别的了，’我说，‘剩下的都是私人信件。’直到我威胁要诉诸法律，他才离开了，后来，就再也没有见过他。但有另外一个人，说自己是库尔茨的堂兄，两天之后出现了，急于知道他亲爱的亲人在生命最后时刻的所有细节。我也顺便从他那里知道，库尔茨本来是个了不起的音乐家。‘他本可以获取巨大的成功。’那人说。我觉得来者应该是个管风琴师，他细长的灰发垂到油腻的大衣领上。我没有理由怀疑他的话，直到今天，我也说不出库尔茨的职业是什么，或者他是否有过职业，以及什么是他最大的天赋。我觉得他是个画家，但他能给报纸撰稿；或者是个记者，但他会画画——就连那位堂兄（他在我们见面的时候吸鼻烟），都无法确切地告诉我库尔茨究竟是什么。他是个通才——就这一点，我同意那位老兄的说法。说完这些，他用一个大棉手帕大声地擤了擤鼻子，然后颤巍巍地离开了，带走了一些家人的信件和无关紧要的笔记。最后，一个记者出现了，急于知道他'亲爱的同事'的命运。这位来访者的眉毛笔直浓密，又粗又硬的头发剪得很短，一个镜片挂在宽丝带上。他告诉我，库尔茨适合的领域应该是'大众'政治。话说得比较开的时候，他表达了自己的看法，觉得库尔茨真是不擅长写作——'但老天！那人多会说啊！他能让整个大型会场为之振奋。他有信念——你没看到吗？——他有自己的信念。他能让自己相信任何东西——任何东西。他本可以成为一位极端党派的杰出领袖。''什么党？'我问。'任何党。'另一个回答，'他是一个——一个——极端主义者。'我不这么觉得吗？我表示赞同。我是否知道，他突然好奇地问：'是什么诱使他去了那里？''是的。'我说着，顺手就把那份极好的《报告》给他发表，如果他觉得合适的话。他快速浏览了一下，还一直嘟囔着，觉得'它能行'，然后带着这份战利品离开了。

"于是，最后只剩下一小包信和女孩的画像了。她给我的印象是很美——我的意思是她有着迷人的表情。我知道阳光有时候会撒谎，但是，你能感觉到，没有任何对光线和姿态的处理，能够传达出眉目间微妙细腻的真诚。她好像准备好了聆听，心里没有保留，没有猜疑，没有对自己的思虑。我决定亲自上门，把画像和信交还她。好奇？是的，或许还有其他的感觉。所有属于库尔茨的，都已经从我手中离去：他的灵魂、他的身体、他的贸易站、他的计划、他的象牙、他的事业。剩下的，只有对他的回忆和他的未婚妻——从某种程度上讲，我想把这些也归于过往——把我这里所有他留下来的东西，都交给忘却，这个属于我们共同命运的，最后一个词。我不会为自己辩护，我也不清楚自己真正想要的是什么。或许是一种无意识的忠诚引发的冲动，抑或是完成潜伏在人类生存事实里的，某个具有反讽的必然。我不知道，也说不出来，但我去了。

“我以为，对他的记忆，会像每个人在一生中积累的对逝者的其他记忆一样——只是印在脑海中的一个模糊的印记。这个印记，是一些影子在它们行程最后的短促时刻，投射到人的脑海里的。但是，当我走在那条安静雅致的街道上，如同行走在墓地严整的通道上时，当我站在高大笨重的门前，站在街道两边高大的房屋之间时，我看到了一个幻象：库尔茨躺在担架上，贪得无厌地张大了嘴巴，好像要吞下整个地球连同上面的人类。当时，他就活在我眼前，跟生前一样——一个对华丽的外表、可怕的现实永不餍足的影子，一个比黑夜还要黑暗的影子，高贵地披挂着雄辩绚丽的皱褶。这个幻象好似跟我一起进了房屋——担架、抬担架的幽灵、驯服的崇拜者所组成的狂野人群、幽暗的森林、阴暗的河湾之间所闪烁的河段、敲击的鼓声——均匀而沉闷，如同心的跳动——征服一切的黑暗之心；这些，随同着我，都进入了房子里。这是荒野获胜的时刻，是一股入侵、复仇的急流，好似我得独自把它挡回去，为的是救赎另一个灵魂。我在那遥远的地方听到的他的话，活在我的记忆里；被一同记住的，还有在我身后那些走动的带角的形体，它们映着火光，行走在那颇能忍耐的林木间。那些不连贯的话语，也被我重新记起并再次听到，它们简洁得令人害怕、含着不祥的预示；我记起了他可怜的请求和威胁，他数量惊人的邪恶欲望，他卑劣的、备受折磨的灵魂和那灵魂的暴风雨般的痛苦。后来，我好似看到他镇静、倦怠的样子。有一天，他说：'现在的这些象牙，其实是我的。公司没有为它们花钱，是我个人冒着很大的风险收集的，但我想他们会企图据为己有。嗯，这很棘手。你觉得我该怎么办——抗争？呃？我想要的，只是公正。'……他想要的，只是公正——只是公正。在二楼的一扇桃花心木门前，我按响了门铃。在我等待的时候，他好像从玻璃般的门板里凝视着我——用那宽广的、没有边际的目光凝视着我，好似要拥抱、谴责、憎恨整个宇宙。我像是听到了耳语般的呼喊：'恐怖！恐怖！'

"夜幕降临。我得在一间高大的会客室等候，它有三扇长窗，从屋顶垂到地面，如同三根明亮的、披挂着帘布的柱子。家具镀金的曲腿、靠背发着光，呈现出明晰的曲线。高高的大理石壁炉有一种冰冷的、超乎寻常的洁白色泽。一架三角钢琴沉重庄严地立在角落，平滑的表面闪着黑色的光，像一口阴郁、抛光的石棺。一扇高高的门打开——又关上了。我站了起来。

“她走向前来，一袭黑衣，额头苍白，在暮色里飘向我。她在服丧。他去世一年多了，消息传来也一年多了；她像是要永远记得，永远服丧。她握住了我的双手，轻声说：‘我听说你要来。’我留意到她没那么年轻——我是说没有女孩气。她有一种成熟的能力，这种能力让她可以对人忠诚，秉持信仰，经受苦难。室内好似更黑了，仿佛多云的傍晚，所有痛苦的光都躲避在了她的额头上。一头秀发，苍白的面容，纯净的额眉，好像被一个灰色的光环环绕着，一双黑色的眼睛看向我。那目光真诚、深沉、自信、可靠。她擎着悲伤的头颅，像是骄傲于她的悲伤，像是在说：我——只有我知道，如何以配得上他的方式悼念他。但在我们的手仍然握在一起的时候，一个如此可怕的凄凉神情爬上了她的脸，让我明白了她是一群特殊生灵中的一个：他们不是时间的玩偶。对于她来说，他的生命昨天才结束。啊，老天！这个印象如此有力，以至于我也觉得他昨天才去世——不，是此刻才死去。我在同一瞬间看到她和他——他的死亡、她的忧伤——我就在他死亡的那一瞬间，看到了她的忧伤。你们明白吗？我同时看到他们俩——我同时听到他们俩。她深吸了一口气，说：‘他走了，但我挺过来了。’而我紧张的双耳仿佛清晰地听到，他用低语做出的永恒谴责，混杂着她绝望遗憾的语调。我问自己：我在那里干什么？心里有一种恐慌的感觉，仿佛闯入了一个充满残酷、荒诞秘密的地方，它们不适合被人看到。她指着一把椅子，我们坐了下来。我轻轻地把那包东西放在小桌上，她把手放在了包裹上。……经过一段时间哀伤的沉默，她低语道：‘你跟他很熟。’

“‘在那里，人和人之间的亲密，建立得很快。’我说，‘一个人对另一个人能有多了解，我就有多了解他。’

“‘你钦佩他。’她说，‘了解他，而不钦佩他，是不可能的。不是吗？’

“‘他是个非凡的人。’我说，有些不镇静。然后，在她坚定的、恳求的——似乎紧盯着我的嘴唇期待有更多话出现的目光面前，我继续道：‘不可能不——’

“‘爱他。’她急切地补充道。我目瞪口呆，哑口无言。‘你说得多对！多对！但你想，没有人像我一样了解他！他告诉我他所有的高贵想法。我最了解他。’

“‘你最了解他。’我重复道。或许是的，但是随着每个说出的字，房间在不断变暗，只有她的额头，平滑白净，仍被她无法熄灭的爱和信仰照亮着。

“‘你是他的朋友。’她继续着。‘他的朋友，’她重复道，声音稍大了一点，‘你一定是的，如果他给了你这些，而且让你来看我。我觉得可以跟你说话——哦！我得说出来。我希望你——听到他临终遗言的你——知道我配得上他……这不是骄傲……

是的！我骄傲地明白，我比世界上任何人都更理解他——是他自己这样对我说的。自从他母亲去世后，我没有一个人——一个人——来——来——’

“我听着。黑暗加深了。我甚至不确定他是否给了我该给的那捆东西。我很怀疑他想让我保管的，是他文件的另一部分；在他去世后，我看到经理在灯下查看。女孩诉说着，因为确信我会同情她，便觉得痛苦减轻了；她讲着，如同饥渴的人喝着水。我听说，她和库尔茨的婚约，遭到了家人的反对，因为他不够富有还是什么的。的确，我不知道他这辈子是不是个穷光蛋。我猜测，是不甘于相对的贫穷，驱使他到了那里。

“‘……谁不是听他讲过一次话，就成了他的朋友？’她在说，‘他通过唤起别人身上最好的东西，把他们吸引到自己身边。’她目光深邃地看着我。‘这是伟人的天赋。’她继续道。她低低的声音发出的声响，好似伴和着所有其他的声音，满是神秘、凄凉和痛苦；这些声音我都曾听到过——河水的潺潺声，风吹着树的飒飒声，狂野人群的低语声，远处传来的词语模糊而费解的呼喊声，还有一个在永恒黑暗的门外发出的低语声。‘你听过他说话！你知道的！’她喊道。

“‘是的，我知道。’我说，心里有种类似绝望的东西，但却在她的信仰面前低下了头，在那个伟大的、救赎的幻象面前低下了头。这个幻象在黑暗中发出非尘世的光；我无法保护她脱离压倒一切的黑暗——我甚至连自己都保护不了。

"'多大的损失，对我——对我们！'她美好而慷慨地纠正了自己，然后低声补充道，'对这个世界。'借着黄昏最后的光，我看到她眼中闪烁的泪花。她满眼含泪——不会滚落的泪。

"'我非常幸福——非常幸运——非常骄傲。'她继续着，'太幸运。在很短的一段时间里，太幸福。而现在，我不快乐——一辈子不快乐。'

"她站了起来；她的秀发，像是用金色的闪光捕捉了所有余下的暮色。我也站了起来。

"'这一切，'她继续道，悲痛不已，'他所有的前途和希望，所有的伟大功绩，他慷慨的胸怀和高贵的心灵，什么都没留下——除了记忆，什么都没有。你和我——'

"'我们会永远记得他。'我赶忙说。

"'不！'她喊道，'不可能这一切就这么没有了——这样一个生命就这样牺牲了，却什么都没留下——只有痛苦。你知道他有多么宏大的计划。我也知道——或许我理解不了——但其他人知道。一定有东西留下来。至少，他的话没有随他而去。'

"'他的话会留下来。'我说。

"'还有他的榜样，'她对着自己低语，'人们仰望他——他的美德照亮每一个行动。他的榜样——'

"'对，'我说，'他的榜样也是。是的，他的榜样。我把这

忘了。’

“‘我不会忘。我无法——我无法相信——暂时还不行。我无法相信再也见不到他了，没有人会再见到他，再也不会，再也不会，再也不会。’

“她伸出双臂，像是挽留一个退去的身影；她伸展着黑色的臂弯，她握紧着的苍白的手，穿过窗户窄窄的、消退的光。再也不会见到他！我当时就足够清晰地看到他。只要我活着，就会看到这个善辩的幽灵，也会看到她，一个悲痛、熟悉的身影，她的姿势很像另一个女子，同样地悲痛，佩戴着无力的符咒，在闪烁的地狱之河——黑暗之河上伸展着裸露的棕色臂膀。她突然很低声地说：‘他的死，亦如他的生。’

“‘他的死，’我说，内心涌动着沉闷的愤怒，‘处处配得上他的生。’

“‘而我，不在他的身边。’她低语道。出于无限的同情，我的愤怒平息了。

“‘一切能做的——’我含糊地说。

“‘啊，但是我比世界上任何一个人都更相信他——超过了他的母亲，超过了——他自己。他需要我！我！我本可以珍惜每一个叹息，每一个字，每一个手势，每一个眼神。’

“我觉得胸口被冰冷的东西紧抓着。‘不要。’我用压抑的声音说。

“‘原谅我。我——我——默默哀悼了太久——默默地……你跟他在一起——直到最后？我想到他的孤独。身边没有人会像我那样理解他。或许没有人听……’

“‘一直到最后，’我颤抖着说，‘我听到了他最后的话……’我被吓得停下了。

“‘说给我听。’她用心碎的语气说，‘我想要——我想要——一样——一样——帮着我活下去的东西。’

“我差点儿冲着她喊：‘你难道没听到吗？’暮色在我们周围，用持续地低语重复着那两个词，那低语声好似在险恶地提高着嗓门，如同起风时的第一声飒飒作响，‘恐怖！恐怖！’

“‘他最后的话——我活下去的依靠。’她低声说，‘你难道不明白，我爱他——我爱他——我爱他！’

“我振作自己，慢慢说道：‘他发出的最后一个字是——你的名字。’

“我听到一声轻轻的叹息，然后我的心跳停止了，被一声狂喜的、可怕的喊叫吓停了，那是一种无法想象的胜利与无法言说的痛苦发出的喊叫。‘我就知道——我很确定！’……她知道，她确定。我听到她在哭泣，看到她把脸藏在了双手间。好像我还来不及跑，那房子就会塌下来，天就会砸到我头上。但什么都没发生，天不会为了这点小事就塌下来。我在想，如果我给了库尔茨他应得的公正，天就真的会塌下来吗？他难道不是说想要的只是公正吗？但我不能。我无法告诉她。那会太黑暗——整个都太黑暗了……”

马洛停下了，独自坐在一边，沉默着，看不清他的样子。他的坐姿，像一尊冥想的佛陀。一时，没有人动一下。“我们错过了第一次退潮。”公司总裁突然说。我抬起了头。远处的海面，被黑云筑起的堤岸拦住了，通向世界末端的、平静的航道，在阴暗的天空下忧郁地流淌着——好像流向无边无际的黑暗之心。

附录一

刚果日记[1]

1890年6月13日到达马塔迪。

贸易站的主管格斯先生（人还可以），因为他自己的某种原因让我们滞留。

认识了罗杰·凯斯门特[2]。在任何情况下，与他相识都是极大的荣幸，而现在，认识他无疑是件幸运的事。有思想，善言谈，非常聪明且富有同情心。

对未来有颇多疑虑。刚刚想到，我在周围（白）人中的生活不会太舒服。应尽量避免与人结交。

---

① 康拉德于1890年6月12日到达刚果。像小说中描写的那样，他先是乘船行驶了三十英里从博马到了马塔迪，然后步行二百三十英里从马塔迪到达斯坦利湖和金沙萨。《刚果日记》记录了康拉德从1890年6月13日到8月1日的徒步生活。

② 罗杰·凯斯门特（Roger Casement, 1864–1916），爱尔兰独立运动的活动家。他先是通过揭露刚果的殖民统治获得国际声誉，后参加爱尔兰独立运动失败被捕，并被处以绞刑。1965年，其遗体被接回爱尔兰举行国葬。

通过罗·凯先生认识了安德伍德先生，一家英国工厂的经理（工厂名：哈顿 & 库克森；工厂地点：卡拉卡拉）。人物一般，有商业头脑，很乐呵，心地不错。21 号，共进午餐。

24 号。格斯和罗·凯带了很多象牙去了博马。打算在格斯回来后，开始往上游走。我自己也帮着把象牙装桶。愚蠢的工作。到目前为止，身体没有问题。

给辛普森、舅舅、帕迪、霍普、弗劳德和舅妈写了信[①]。这里社交生活的突出特点是：人们说彼此的坏话。

6 月 28 日星期六。和阿鲁先生以及三十一人的商队离开了马塔迪。非常友好地和凯斯门特道别。格斯先生一直把我们送到国家贸易站。

第一次歇停。马坡所。同行中有两个丹麦人。

6 月 29 日星期天。登上帕拉巴拉山。爬山有些累人。上午十一点在奈瑟克河岸扎营。蚊子。

6 月 30 日星期一。爬了很长时间的黑石山，到达刚果达兰巴。阿鲁身体有恙。麻烦。营地糟糕。水源远。脏。晚上阿鲁好转。

---

① 此处提及的信件没有幸存下来。

7月1日星期二。

一早在大雾中出发，目的地是卢夫河。途中有一座高山，要穿过其陡峭山坡上的树林。非常漫长的下坡路。然后，到达集市，离集市不远就是桥（很好的桥）和营地。好好洗了个澡。河水清澈。感觉不错。阿鲁还可以。第一只鸡。下午两点。

今天没太阳。

7月2日星期三。

一宿没睡，早上五点半出发。这个地区更开阔——平缓的山坡。路况完美（卢坤谷地区）。九点三十分到达大集市，买了鸡和鸡蛋。

今天感觉不好。头沉，很重的感冒。十一点到达阪扎曼特卡。在集市扎营。身体不适，没能拜会牧师。水少，水质差，营地脏。

两个丹麦人还在。

7月3日星期四。

晚上睡得很好，早上六点出发。翻过连绵的小山，进到宽宽的谷地，很平坦，中间有断裂。遇到国家巡视组的一位官员。几分钟后，在一处营地看到一具刚果人的尸体。枪杀？可怕的气味。从一个矮山口穿过了一座西北东南走向的山脉。然后又是一条宽广平坦的山谷，中央有一条沟壑。黏土和碎石。又有一条山脉，与之前提到的平行，并且有山麓丘陵紧贴着。在两山之间，到达了吕左诺河岸的营地。营地干净。河水清澈。桑给巴尔政府管辖，注册。独木舟。两个丹麦人在河对岸扎营。健康状况良好。

整个地区的色调都是灰黄色（干草的颜色）的，中间夹杂着红色的小块土地（土壤的颜色），稀疏地散布着深绿色的树丛。树木通常生长在高山之间的陡峭峡谷里，或者是切开平原的沟壑里。看到了蓖麻，油棕榈。有些地方有高大笔直浓密的树木。不知道名字。看不到村子。根据棕榈树上挂着的葫芦推测附近有村落。葫芦是用来装“马拉夫”的，一种棕榈酒。

非常多的商队和旅行者。没有女人，除非是在集市上。

好听的鸟叫声——尤其是一种类似笛声的鸟鸣。还有一种叫声，像是远处传来的犬吠。只看到了鸽子和几只绿鹦鹉，个头很小，数量不多。没看到猛禽。一直到九点，天空多云，平静。后来有温和的北风，天空晴朗了起来。晚上潮湿凉爽。山腰绕着白雾，是水汽，今天早上很美。天空转晴之前，雾就散了。

[画了一幅素描，叫“今日路程”。素描上标注着：“阪扎曼特卡，三座山丘，吕左诺河”。素描下方写着：“行程：十五英里。大致方向：东北偏北——西南偏南”。]

7月4日星期五。

非常难受的一夜，早上六点离开营地。先经过了连绵的丘陵，然后进入了矮山的迷阵。八点十五分来到了较为平缓的地区。依据另一侧连绵山峦的缺口做了定位——位置是东北偏北——路沿着非常陡峭的山坡爬升，但山本身不高。高山突然隐去，出现了低缓多山的乡村。

九点半到达集市。

十点经过了卢坎加，十点半在梅丕特河岸扎营。

[画了一幅素描，叫“今日行程”。标题下方：“方向：东北偏北；行程：十三英里”。素描上标注着：“扎营吕左诺”。]

又遇到一具路边的尸体，死者做沉思状。

傍晚，三个女人经过营地，其中一个白化病——白得像粉笔一样可怕，带着粉色的斑疹。红眼睛。红头发。典型黑人的面部特征，很丑。

蚊子。晚上，月亮升起后，听到远处村庄的喊叫声和鼓声。过了糟糕的一夜。

90年7月5日星期六。

早上六点十五分出发。一早很清凉，甚至有些冷，非常潮湿。天阴得厉害。温和的东北风。途中经过狭窄的平原，通向奎卢河。水流很急，水很深，五十码宽。乘独木舟过河。后来，爬上爬下非常陡峭的山，山与山之间是很深的沟壑。山峰主要是西北—东南走向，有时会有东西走向。在曼延巴扎营，营地很糟，在山谷里。水非常一般。十点十五分搭起帐篷。

[一幅素描名为："今日路程"。标题下书："东北偏北。行程：十二英里"。素描上标注："奎卢河，曼延巴营地"。]

今天跌进了泥潭。非常可恶。背我的人的错。扎营后，去了一条小河，洗澡洗衣服。对这个玩笑非常非常厌恶。

明天会有比较远的路程，到叟纳。距离曼延伽还有两天的路程。

今天没太阳。

7月6日星期天。

早上五点四十分出发。路上一开始山多，走下一个陡峭的山坡后，穿过宽阔的平原。路的尽头是个大集市。

十点的时候出了太阳。

离开集市后，又经过了一个平原，然后沿着连绵的山峰走，路过两个村庄，十一点到达叟纳。看不到村子。

[一幅素描名为："今日行程"。素描上标注："集市，叟纳营地"。下方："方向：东北偏北；行程：十八英里"。]

此处的营地（叟纳），是很好的扎营的地方。有树荫。水源远，水质不太好。今晚没有蚊子，因为帐篷周围都是大火堆。

下午很闷热。

晚上晴朗，繁星满天。

7 月 7 日星期一。

晚上休息得很好，早上六点出发，前往尹坎度，卢坤谷政府驻地过去后还有一段距离。

路途不平坦。圆形陡峭的山峦一个接一个。有时，会走在绵延的山顶上。

在到达卢坤伽之前，我们的脚夫们向南兜了一大圈，直到贸易站变成在我们北方。在深草里走了一个半小时。过了一条一百英尺宽、四英尺深的河。又过了半个小时，走过整齐的树薯田，我们才重新回到了路上，到了卢坤伽贸易站的东侧。走在起伏的平原上，向着山上的尹坎度集市前进。很热，很渴，很累。十一点的时候到达了集市。约有两百人。快快买了东西。没有水。没有营地。待了一个小时后离开，寻找落脚的地方。

冲脚夫们发火。没有水。最后，下午一点半的时候，在一个没有遮蔽的山坡上扎营，距离一条浑水的小溪不远。没有树荫，帐篷搭在斜坡上。太阳很晒。苦不堪言。

[今天行程的素描，没有名字。素描上标注着 :“叟纳，卢坤伽，向北流的河，尹坎度，扎营”。下方 :“方向 : 东北偏北 ; 行程 : 二十二英里”。]

晚上冷得悲惨。

一夜无眠。蚊子。

7 月 8 日星期二。

早上六点出发。

离开营地大约十分钟后，从官道改走曼延伽小道。天空多云。道路高高低低，起伏不平。经过了几个村庄。

当地的荒山野岭杂乱无章。滑坡的地方露出红土。红色的山体点缀着深绿色的植被，很美。

下山前半个小时，瞥了一眼刚果河。空中多云。

[一幅素描名为："今日行程"。三小时。素描上标注着："营地，河流，山坡，刚果河，曼延伽"。下方："方向：东北—西南；大致方向：东北；行程：九英里半"。]

早上九点到达曼延伽。

受到海恩和耶格先生最为友善的接待。

最舒服、最愉快的中途短歇。

在这里一直待到 25 号。两个人都病了。受到了最友善的照顾。离开时真诚地感到不舍。

1890年7月25日星期五。

下午两点半离开曼延伽，带了足够多的脚夫抬吊床。阿鲁跛着脚，健康状况不太好。我自己情况也差不多，但没跛。走到了马非拉，扎营。两个小时。

26日星期六。

很早就出发了。一直都是上坡路。经过了村庄。这个地区看似人口稠密。十一点钟到达了大集市。中午离开，一点扎营。

[今日素描，未命名，标注着："马非拉，鳄鱼池，山峰，官道，集市，一个白人死在了这里，扎营"。下方："大致方向：东北—西南。八点看到太阳，非常热。行程：十八英里。"]

27日星期天。

早上八点出发。让运行李的脚夫直接去鲁艾西，我们自己绕道去了苏提里布道所。

受到库默夫人的热情接待，所有的传教士都不在。

整个布道所看上去非常文明有序，与很多国家及公司代理们心满意足住着的破败棚屋相比，清爽怡人。

很好的建筑。建在山上。凉风习习。

下午三点离开。在爬第一个大坡的时候，遇到了传教返回的戴维斯牧师。本特利牧师和他的太太去了南部。

这次拜访偏离了主道，没有素描。行程约十五英里，大致方向为东北偏北。

在鲁艾西我们回到了官道。

下午四点半扎营，海切先生加入了我们。

今天没有太阳。

风很凉。

阴天。

28 日星期一。

和海切先生共进早餐，六点半离开营地。

路途一开始多山。走在连绵的山脊上，两边都是山谷。这个地区更开阔，山涧里生长着成片的树木。

经过了奈尊吉，上午十一点在奈哥玛河右岸扎营。是一条水流很急的小河，河床多岩石。右侧山上有一处村庄。

[素描未命名，标注着："营地，鲁艾西，河流，山脊，林木覆盖的山谷，奈尊吉，奈哥玛河，扎营"。下方："大致方向：东北偏北；行程：十四英里"。]

没有阳光。天阴冷。飑。

29 日星期二。

晚上睡得很好，早上七点离开营地。漫长的上坡路，一开始很容易。穿过林木覆盖的山谷，伦扎迪河上有一座相当好的桥。

九点钟遇到了鲁伊特先生，护送公司一位生病的代理去马塔迪，看上去很不错。上游传来了坏消息，所有的蒸汽船都出了问题，有一艘失事了。该地区树木茂盛。十点半在尹齐西扎营。

[未命名的素描上标注着："奈哥玛，伦扎迪河，路遇鲁伊特先生，尹齐西河，扎营"。下方："大致方向：东北偏北；行程：十五英里"。]

六点半出了太阳。天很暖和。

尹齐西河水流得很急，约有一百码宽，靠独木舟过河。岸边林木茂密，河谷颇深但很窄。

今天没有搭帐篷，在政府驻地投宿。桑给巴尔人管辖，非常热情地相助。第一次看到熟的菠萝。

今天，路上看到一副被绑在柱子上的骨架。还看到白人的坟墓，没有名字。用石头堆成了十字架的形状。

现在身体安好。

30 日星期三。

早上六点出发，打算在金弗莫扎营。两个小时快速行进到了叟纳那瑟夫。集市。半小时后，阿鲁到达，病得厉害，胆病犯了而且发高烧。把他安顿在政府驻地，服了吐根口服液。吐出大量胆汁。十一点的时候，让他服下一克奎宁，喝下很多热茶。出了很多汗，烧退了。晚上九点，把他放到吊床上，出发前往金弗莫。一路上都在跟脚夫们吵。吊床晃得厉害，阿鲁很受罪，在一条小溪边扎营。

凌晨四点阿鲁好多了，烧全退了。

[未命名的素描标注着："草地，一座圆锥形的山引人注目，呈东北走向，此处可见，林木，卢卢弗河，开阔，林木，河流，叟纳那瑟夫，草地，营地，多树木"。下方："大致方向：东北偏东；行程：十三英里"。]

直到中午，多云，强西北风，很冷。从下午一点到四点，天空晴朗，非常热。明天一定会和脚夫们争吵不休。把他们叫到一起，做了一通演讲，他们根本听不懂，但承诺接下来好好干。

31 日星期四。

早上六点出发。先让阿鲁上路，半个小时后跟上。路上有几个特别陡的山坡，另外几个容易些，但很长。发现有些地方表层是沙土，不像之前，一直是黏土，但觉得沙土应该不是太深，下面还是黏土。抬阿鲁抬得很辛苦。太重了。麻烦！中间有两次停了很长时间，让脚夫们休息。山谷和山脊上都有很多树木。

[名为"今日路途"的素描。标注着："营地，奈硿合，金弗莫河，刚果河，金兹卢河，律拉河，东北偏东"。]

终于在两点半到达律拉河，在右岸扎营。西南风。

徒步的大致方向是东北偏东。

行程大约十六英里。

刚果河很窄，湍急。金兹卢河汇入。从河口往上走不远，有漂亮的瀑布。

太阳升起时红彤彤的。早上九点开始，已经热得像地狱一样。

阿鲁不见起色。

自己也非常无精打采。洗了澡。

律拉河大约六十英尺宽。很浅。

1890 年 8 月 1 日星期五。

过了很糟糕的一夜，早上六点半出发。很冷，很重的雾气。很长的上坡路，接着是很陡的下坡路，一直到莫弗莫孟贝都是这样。

之后，是漫长痛苦的爬坡，山非常陡；然后是长长的下坡，到了莫弗莫科科之后，歇停了很久。

十二点半再次启程，去往奈瑟兰巴。很多上坡。这个地区的样貌完全变了。丘陵被林木覆盖，有林中空地。几乎整个下午，都穿行在稀疏的森林里，但林下的灌丛很浓密。

在山坡上的树下休息了一段时间，然后到了奈瑟兰巴，时间是下午四点十分。

[今日素描，未命名，标注着："营地，莫弗莫孟贝，科科，河流，树木繁茂，河流，奈瑟兰巴，营地"。]

投宿在政府的棚屋。

为了一张席子，脚夫们和一个自称是政府人员的人发生了争吵。一阵枪林棒雨，制止了他们。酋长带来一个孩子，十三岁，头上有处枪伤。子弹在右眉上方约一英寸的地方擦过，从发根处出来，正在眉心处，与鼻梁呈一条线。显然骨头没受伤。给了他一点甘油，涂在伤口处。

阿鲁身体状况不是太好。蚊子，青蛙，可恶。很高兴这场愚蠢的长途跋涉结束了。感觉非常有气无力。

太阳一出来就红彤彤的。非常热的天。南风。

行程大致方向：东北偏北。

行程约为：十七英里。

附录二

刚果信件[①]

1890年6月10日

利伯维尔，加蓬

亲爱的小舅妈：

这是到博玛之前，船停靠的最后一个口岸。到了博玛，我们的海上航程就要结束[②]了。我在船离开口岸的时候开始给您写

① 康拉德此间的书信存留不多，此处仅选取有助于理解小说内容的两封。收信人为玛格丽特·帕拉多斯卡。她（1848–1937）是康拉德的一个远房亲戚亚历山大·帕拉多斯基（1834–1890）孀居的妻子，康拉德称她为“舅妈”。玛格丽特也是康拉德在19世纪90年代的好友——他的第一位小说家朋友。这位女小说家住在法国，她的小说多描写法国、比利时、波兰和乌克兰等地的生活，一度很有名。其小说包括《雅加》（1887）、《米希亚小姐》（1888–1889）和《玛丽卡》（1895）。此处的两封信，亦收在拙译《康拉德书信选》（2019，江苏人民出版社）。

② 康拉德大概是5月28日到了法国的殖民口岸利伯维尔。6月12日，他到了博玛，刚果河可以航行的深水到这里就结束了。第二天，他沿河上行30英里，到了西刚果盆地的行政中心马塔迪。28日，他离开马塔迪，走上了去往利奥波德维尔的路。

信，然后一路写下去，到博玛的前一天刚好写完，就可以在船靠岸的时候把信寄出。

没有事情发生。至于感情，也没有新的变化，而这正是问题之所在。因为啊，如果可以清空内心、清空记忆（还有——大脑），然后用一整套新的东西来填补它，那生活真的是可以让人消遣的。但这是不可能的，生活也就无所消遣。这可是再悲惨不过了！比如：在我想要忘记却忘不掉的事情里面，有这样一件——我想要忘记对迷人的舅妈的回忆。这自然是不可能的。因此，我就记得，我会悲伤。你在哪里？你好吗？你忘了我吗？我离开了你之后，你心静如水吗？你在创作吗？这才是最重要的！你寻到遗忘之法了吗？写作带来的平静让你充满创意，它吸引了你全部的注意吗？你瞧！我问自己的这些问题。你赋予我的生命新的兴趣、新的深情，我为此感恩。这样一件无价的赐予，我感恩它带给我的所有甜蜜和所有苦涩。现在，我眼前有两条大道，切开厚重、杂乱、有毒的杂草。路通向何方？你走了一条，我走了另一条。两条路各奔东西。在你的道路尽头，你是否看到一线阳光，不管这光是多么暗淡？我希望你看得到！我祈求你看得到！很长时间以来，我的路通往何处，我已漠不关心。我耷拉着脑袋行走在这条路上，诅咒绊脚的石头。而现在，我对另外一个行路人发生了兴趣，这让我忘记自己道路上的小哀小伤。

虽然我的身体还蛮不错，但我仍在等待着无法躲避的热病。

为了忍受这样的生活，我需要信件，很多的信件。这包括其他人的信，更要有你的信。亲爱的、善良的、可爱的舅妈，千万不要忘记我说的话。

离开博玛后，可能会有很长的一段沉寂时间。在到达利奥波德维尔之前，不可能再有机会写信。到达利奥波德维尔，要徒步走上 20 天！多么可怕！[①]

我想你应该会给我舅舅写信。如果你能把我的消息转告他，就真的是谢谢了。比如说，你在布鲁塞尔见到了我，我的身体和精神都不错。这会让他开心，让他不那么为我的命运担心。他非常爱我，一想到他，我整个人就柔软得像个白痴，请原谅我的软弱。你什么时候回布鲁塞尔呢？你接下来的打算是什么呢？在信里把这些都告诉我吧，而且，只有当你真的很想和这位“不在身边的人”聊天的时候，才坐下来给我写信吧。以后，“不在身边的人”将是我法定的名字。此刻，如果你能够不受人打扰，以一颗自由的心去创作，我将会非常的开心。对你的新作，我充满好奇，甚至是急不可待[②]。你一定要寄一本给我。可以吗？听说我们公

---

① 因为有 300 公里的地方都是瀑布和湍流，刚果河无法通航。在《黑暗的心》里，马洛看到的半荒废的铁路最终取代了当时徒步的旅程。康拉德 8 月 2 日到达了利奥波德维尔（今天的金沙萨），他到当地的任务是要负责一条河上的小船。

② 帕拉多斯卡夫人把拉迪斯拉斯·罗金斯基的《布思维斯卡的夫人》改为中篇小说，发表在 1891 年 9 月 1 日的《双世界评论》。

司有一艘远洋船，而且很有可能还要再建新的。如果我能当其中一艘的船长，那可比在河上强多了。不仅仅是更健康，而且每年至少能回欧洲一次。回到布鲁塞尔后，我请求你帮忙问一下，看是否有这回事，我好发出求职的申请。我想，你可以向沃特斯[①]打听；我身在非洲深处，是得不到任何消息的。你一定会帮这个忙的，对吧？

再见，亲爱的舅妈。我爱你、拥抱你，

康拉德·科尔泽尼奥夫斯基

1890 年 9 月 26 日

金沙萨

天下最亲爱的、最好的舅妈！

我从斯坦利瀑布一回来，一下就收到了你的三封信。我作为船上一个多余的人，乘着“比利时国王号”到了斯坦利瀑布[②]，目的是考察河道。知道你获得法兰西学院奖，我非常开心，尽管

① 阿方斯·朱尔斯·沃特斯（1845–1916），通过在布鲁塞尔的总部，以上刚果地区比利时匿名协会秘书长的身份，在刚果地区推进利奥波德国王的利益。他创立和主编了《地理运动》《刚果画报》，参与并编纂了《刚果目录学》。

② 斯坦利瀑布（现称为博约马或瓦格尼亚瀑布），是刚果河主要的支流卢瓦拉巴河上的一系列瀑布。当时，在附近的定居点叫斯坦利维尔（现基桑加尼），是蒸汽船所能到达的最远地方。

我对此一直是深信不疑的。[①]另外，我找不到足够的强烈字眼来让你明白，你迷人的、仁慈的信件给了我多大的快乐。它们像一束阳光刺破了无聊冬日灰色的云层；我在这边的日子，堪当无聊二字。自欺欺人是没用的！我现在实实在在地后悔，后悔来到这个地方。我甚至是悔得咬牙切齿。带着一个男人所有的自私、自我，我要跟你谈谈我自己。我无法阻止自己这么做。我知道，跟你说话，只要那么一丁点儿的提示，你就会完全明白，完全理解。不等我把想法说出来，你的心就已经猜到了。

这里的一切都让我心生厌恶，不管是人还是东西，尤其是人。而我，也不讨他们喜欢。在非洲，从经理到最低等级的机械工，每个人都有激怒了我的天赋。经理本人不厌其烦地告诉这里的每一个人，我是多么让他生厌。我本来可以更好地对待他们，但却做不到。这经理只不过是个普通的象牙贩子，本性卑劣，却自以为是个商人，而他充其量不过是个非洲掌柜。他的名字叫德尔科米纳[②]。他恨英国人，远在非洲，我自然是被当作英国人看待的。只要他在这里，我就别指望升职或者涨工资。他还说，只要没写

---

① 帕拉多斯卡的小说《米希亚小姐：加拉西亚风俗记》先是发表在《双世界评论》，1889 年出了阿歇特版本，获得了法兰西学院颁发的六个奖项之一，奖金 500 法郎。

② 卡米尔·德尔科米纳（1859–1892）是助理经理，也是当时上刚果地区比利时协会的经理。帕拉多斯卡夫人收到这封信后，给阿尔伯特·蒂斯写了回信，告诉他德尔科米纳对康拉德说过的一些话。

进合同，在欧洲做的承诺在非洲是没什么用的。沃特斯先生给我的承诺就算是没用的。另外，我在这里一点盼头都没有，因为根本就没有船让我管[①]。新的船可能要到明年六月才做好，而在这期间，我在此处的身份就有些尴尬，这颇让我不得劲。你看，事情就是这样！最让人开心的，是我的健康状况也远不胜人意。一定要替我保密啊——事实是，沿河往上的时候，两个月里我发烧了四次，而到了痢疾大本营斯坦利瀑布的时候，我有五天饱受痢疾之苦。现在，我觉得身体有些虚弱，人也有点泄气。而且，我想念大海，很想再看到那平展铺开的咸水。海让我平静。天好的时候，它会在闪烁的阳光里冲着我微笑，也有很多次，它会在12月晦暗的天空下，席卷起白色的水沫，把死亡的威胁抛到我脸上。我对现在的一切感到后悔，尤其后悔的是，合同竟然一签三年。事实上，要履行完合同几乎是不可能的。要么是有权的人寻个事由遣送我回去（其实，我真的是暗暗盼着这一天），要么是再一次让痢疾把送我回欧洲，或者是让它直接把我交付给另一个世界，那倒也好，那会给我所有的不幸画上句号！已经有满满四页纸了，我都在说自己，可我还没告诉你，读到你对家里的人和事的描述[②]，我是多么开心。事实上，读着你宝贵的信，我忘

① 康拉德到金沙萨之后，本来要做“佛罗里达号”的船长，但这只船被德尔科米纳给了一个叫卡利耶（1851–1930）的人。在小说《进步前哨》里，康拉德给其中一个人物起名叫“卡利耶”。

② 帕拉多斯卡夫人当时在卢布林。

记了非洲、刚果和生活在这里的黑种野人、白种奴隶（我也是其中一员）。有一个小时的时间，我是幸福的。要知道，让一个人整个小时都觉得幸福，可不是件小事（也不是件易事）。你可以为自己成功地做到了这一点而骄傲。就这样，我的心走向了你，带着无法遏抑的感恩和最真挚、最深沉的情谊。我们何时再见面呢？唉！见面意味着分离——见面越多，分离越苦。这就是命。

我让自己陷入了这么不堪的境地，也在试着寻求补救的办法，我想出了一个小小的计划——虽然还只是想法而已——或许你可以帮到我。好像这家公司，或者是它的下属公司，要有一些远洋船（或者已经有了一艘）。那个高大（还是肥胖？）的银行家掌管着整个生意，他在那家子公司也有很大权益。如果有人能为我引荐，让我负责他们的一艘船，那我每次旅程结束之后，都能逃离一两天，而你又恰好在布鲁塞尔的话，正好可以用来拜访你，因为它们船只的母港是在安特卫普。那将是多么理想！如果他们真要召我回去，返程的旅费自然是我自己出。这或许不怎么可行，但你冬天回布鲁塞尔的话，可以从沃特斯先生那里知道机会到底有多大。不是这样的吗，我亲爱的小舅妈？

请你代我问候公主[①]（我因为她对你的爱而爱她）。你可能会

① 哈德威格·卢波米斯卡（1815–1995），是一位波兰公主。1836 年，嫁给了一位比利时王子尤金·德·莱尼。她邀请帕拉多斯卡夫人到伯勒伊尔城堡和她一起居住。

很快见到亲爱的、可怜的加巴姨妈，还有亲爱的、善良的卡洛·扎高尔斯基一家和他们可爱的女儿们。我多么嫉妒你！请告诉他们，我爱他们，而且，我还想要一点点馈赠。玛丽辛卡可能忘记对我的承诺了，还没有把照片给我。我永远是她忠诚的表哥和仆人。我不敢说是她的仰慕者，以免得罪奥尔达考斯卡姨妈[①]，我可不希望姨妈在想起我的时候缺少丝毫的爱意。我请求你们每个人对我的健康状况保守秘密，要不舅舅一定会知道的。我得停笔了。一小时之内，我就要乘独木舟去巴姆[②]了，去挑选、砍伐树木，用来建驻地的工事。如果不生病的话，我会在林子里野营两到三周。这差事，我不讨厌。在那里，很可能会打到河马或大象呢。我热情地拥抱你。下次邮差到来之前，我会再给你写封长信。

爱你的外甥，

约·康·科

① 奥尔达考斯卡姨妈是帕拉多斯卡夫人的嫂子，是玛丽辛卡的妈妈。

② 在金沙萨以西 50 公里处。

附录三

《黑暗的心》导读

罗伯特·汉普森[①]

一、书籍与地图

1874年10月，十六岁的约瑟夫·特奥多尔·康拉德·科尔泽尼奥夫斯基乘坐火车离开了克拉科夫，前往马赛。不到两个月，他就开始了自己的海上生活。这段生活为小说家康拉德的早期创作提供了大量素材：1874年12月15日，他作为“朗峰号”上的乘客驶出了马赛，前往马提尼克；六个月后，1875年6月25日，他重复了这趟旅程，但身份变成了船上的学徒。差不

① 罗伯特·汉普森（Robert Hampson），英国康拉德协会现任主席，伦敦大学皇家霍洛威学院荣休教授，在康拉德研究领域著述等身。此处的导读，是汉普森教授为企鹅版《黑暗的心》（1995，2000）而写，经他本人同意翻译成中文。

多有三年的时间，马赛是康拉德活动的基地；直到 1878 年 4 月，他开启了生命的新征程，成为英国蒸汽船“梅维斯号”上的水手。他不能再在法国船上工作，是因为法国商船队在雇佣外国人的规定上做了修改，这使得他开始了与英国商船的联系，并一直持续到 1894 年 1 月，他结束了与“阿杜瓦号”的合同。尽管后来他又尝试在其他船上工作，但均未成功，其海上生涯结束了，而作为作家的新生活即将开始。

后来，康拉德对自己渴望海上生活的愿望做出了不同的解释。在《私人札记》里，他提出了这样的问题：“我作为土地之子[①]——她其他的孩子都扛起了犁头，为国家抛头颅洒热血——我为什么要到茫茫的大海上去吃硬饼干和腌制的垃圾食品呢？”[②]他给出的答案是：还在孩童时代，他的想象力就被阅读《海上劳工》这样的书俘虏了，而维克多·雨果的这部作品被他称作是“海上文学的入门书”[③]。康拉德在自己的散文《海洋故事》里，把詹姆斯·费尼莫尔·库柏和弗里德里克·马里亚特船长的海洋小说，描述成“塑造”了他人生的作品。《私人札记》还暗示了另外一种阅读，也同样俘获了他的想象力：

---

① 当时的波兰，算是内陆国家（虽然在政治和地理意义上已经被瓜分），所以很少有人选择出海做水手。

② Joseph Conrad, *A Personal Record*, London: J. M. Dent, 1923, p. 35.

③ Ibid. p. 72.

那是在1868年，我差不多九岁的时候，看着当时的非洲地图，手指着上面的空白，我对自己说："长大后，我要去那里。""那里"指的是欧洲人尚未涉足的非洲地区，而我语气中那份绝对的自信和令人吃惊的胆量，在我的性格中已经找不到了。

当然了，这事后来就忘了，直到差不多四分之一个世纪之后，去"那里"的机会却来了，……是的，我的确去了"那里"，那个叫斯坦利瀑布的地方。在1868年，该处还是世界地图上空白区域中最空白的地方。[①]

在《黑暗的心》里，康拉德赋予马洛类似的儿时经历：

在我还是个孩子的时候，就热衷于看地图，会一连几个小时盯着美洲、非洲、澳大利亚看，迷失在探险的各种辉煌里。在那时，地图上还有很多空白的地方。每当我看到某个空白处在地图上格外吸引人的时候（虽然它们看上去都差不多），就会用手指着它，说：等我长大了，要去那里。我还记得，北极就是其中之一。当然了，我还没去过，现在也不准备尝试了，魔力也消失了。其他地方则分散在赤道周围，或者两个半球

① Joseph Conrad, *A Personal Record*, London: J. M. Dent, 1923. p. 13.

的不同纬度上。一些地方，我去过了，但是……好吧，我们不说那些。然而，仍有一个地方——最大的一个，也可以说是最空白的一个——是我渴望前往的。

的确，到了现在，它已经不是空白的了。从我孩提起，它逐渐被填进了河流、湖泊和其他的名字。它不再是神秘且令人愉悦的空白——让一个男孩梦想辉煌的白白的一块，变成了黑暗之地。（9–10）[①]

马洛的生涯像康拉德一样，跨越了欧非关系史上一个重要的时期：在1860年和1870年，当康拉德还是个孩子的时候，非洲对于欧洲人来说，多数地区还是未知的；而在他成人之后，真正到达那里的时候，则是加入了对非洲的“抢夺”。还需留意地图上的变化：不仅“空白区域中最空白的地方”，有了“河流、湖泊和其他名字”，而且更令人惊奇的是，它从“让一个男孩梦想辉煌的白白的一块”，变作了“黑暗之地”。克里斯托弗·劳·米勒注意到，在这段文字中，并没有把“最大的一个，也可以说是最空白的一个”地方指认为“非洲”，而整部小说中也未曾提及“非洲”二字；他认为，“读者以为自己在读一本‘关于’非洲的书”，而实际上“被带入了一个虚空……没有名字，只有‘黑暗

① 括号中的数字为本书正文中的页码，后同。

之心’”[①]。的确，科学、实证主义要做的，是试图用已知代替未知；而在《黑暗的心》里，马洛在自己讲述的一开始就暗示：探险把本来空白的地方变作了黑暗之地，在故事的结尾则透露出：未知变作了“难以启齿”。确实，“开化”的使命不仅没有像宣扬的那样，把光明带进黑暗，反而暴露出其内心深处本身的“黑暗”。正如维·乔·基尔南所言，此时的非洲“非常真实地变作了黑暗大陆，但它的黑暗是侵略者带来的，是白人阴暗的投影”[②]。

二、地理与探险者

潮水起起落落，不停歇地为人服务着。充斥在这起落之间的，是对人和船的记忆——有些被带回家园安息，有些则被带往海上的战事。潮水认得且服务过这个国家引以为傲的所有人，从弗朗西斯·德雷克爵士到约翰·富兰克林爵士，不管他们是否受过封诰，皆堪称爵——他们都是大海上伟大的游侠骑士。它承载过所有船只的名字，犹如珠宝闪耀在时间的夜空上，

① Christopher L. Miller, *Blank Darkness: Africanist Discourse in French*, Chicago: University of Chicago Press, 1985, pp. 173—174.

② V. G. Kiernan, *The Lords of Humankind: Black Man, Yellow Man, and White Man in an Age of Empire*, London: Century Hutchinson, 1988, p. 226.

> 比如“金鹿号”，她圆鼓鼓的船体满载宝藏而归，得女王陛下御临船上，因此流传下不朽的传奇；再比如“幽冥号”和“惊恐号”，她们踏上了另外的征途——一去不复返。（3-4）

在探讨《黑暗的心》之前，值得看一下它诞生于其中的维多利亚晚期社会及其若干方面。在其后期散文《地理与探险者》中，康拉德再次提及孩童时代对非洲地图的痴迷，以及“中世纪想象出来的无趣的神怪之事”如何被“白纸上令人兴奋的空间”所取代：“我的想象力尝试着勾勒那些可敬的、富于冒险的、忠诚的人们，他们在边缘处蚕食着，从东南西北各个方位突破着，零零散散四处获取着一点点真相，而有时，也会被自己一心致力于揭示的谜团所吞没。”①在他最后付梓的文字里，康拉德重温儿时对非洲地图的记忆：

> 作为大湖区的同代人，我站在这里供认不讳：是的，我本应该在摇篮里就得知它们被发现的消息，但却等我长到孩童时，在60年代晚期，才在第一次绘制地图的时候，向那些勘探湖区的先驱们致敬。我费力地在自己心爱的旧地图上，用铅笔画出坦噶尼喀湖的轮廓。

① Joseph Conrad, *Last Essays*, London: J. M. Dent, 1926, pp. 19—20.

这幅地图是1852年印制的，当然对大湖区还一无所知，它上面的非洲之心是片又大又白的区域。[①]

然后，他再次记录了自己如何把“手指指着非洲白心正中间的一个点”，“宣称有一天会去那里”：“没有比这离我疯狂梦想更遥远的地方了。然而，事实是，在十八年之后，一艘由我掌管的、可怜的、船尾明轮推进的蒸汽船，停靠在了一条非洲河流的岸边。”[②]

《地理与探险者》追溯了地理学的发展：从“寓言阶段”[③]到康拉德称为“军事地理学”的阶段。“寓言阶段”是“对环境做出过度猜想”的阶段，包括了中世纪绘图法所展示的奇异景象。那时的地图“挤满了奇怪的树木、兽类和庆典”[④]。“军事地理学”占了《地理与探险者》的大部分篇幅，它论述了两个不同的方面：一方面，探险是由“追逐利益的精神驱动的，有些是为了金钱，有些是出于贸易或掠夺的欲望，但或多或少都会用好听的言辞加以文饰”[⑤]；另一方面，从“军事地理学”派生出了科技地理学，它“唯一的目的是寻求真理”，探险者们“致力于发现有关大陆

① Joseph Conrad, *Last Essays*, London: J. M. Dent, 1926. p. 20.

② Ibid. p. 24.

③ Ibid. p. 4.

④ Ibid. p. 3.

⑤ Ibid. p. 14.

构造和形态的真相”[①]。在论述地理学发展的过程中，康拉德对于“人类努力的戏剧性”[②]有着充分的认识，它既包括了征服者在新世界的历险——“那些理想黄金国百折不挠的求索者翻越高山，穿越森林，游过河川，陷进泥沼，他们根本不会想到地理这门科学”[③]，这些人代表了“军事地理学”追逐利益的一面，但同时也包括各类不同的非洲探险家，像苏丹的蒙戈·帕克、阿比西尼亚的布鲁斯、大湖区的伯顿和斯皮克，尤其是中部非洲的大卫·李文斯顿——“儿时的我，受地理热情的驱使，崇拜很多人，而他是我最景仰的一个”[④]，李文斯顿是科技地理学的典型。

对于康拉德来说，“军事地理学”科技方面的代表还有北极的探险家们。在他看来，“占主导地位的人物”[⑤]是约翰·富兰克林爵士。1845 年 5 月，富兰克林带领着“幽冥号”和“惊恐号”从格林海斯出发，船上备足了三年的供给，结果他们发现了西北航线，但同时这也是他最后一次探险。1845 年 7 月 28 日，有人在巴芬湾看到过这两艘船，在这之后，就杳无音信了。从 1848 年开始，不断有人尝试找到他和他的船员们：奥曼尼船长 1850 年的航行发现了探险队的一些踪迹；1854 年，雷医生带

---

① Joseph Conrad, *Last Essays*, London: J. M. Dent, 1926, p. 14.

② Ibid. p. 2.

③ Ibid. p. 5.

④ Ibid. p. 24.

⑤ Ibid. p. 15.

领的探险队从因纽特人那里听说，他们在四年前看到过一群白人，在威廉王岛的西部海岸拖着一条船（结果在大鱼河河口发现了他们的遗体）；1857 年，麦克林托克船长的探险，为富兰克林及其船员们的命运得出了定论。麦克林托克船长有一本关于寻找富兰克林的书，名为《“猎狐号”的北冰洋之旅》。这本书里记录道：当富兰克林的探险队驶入北冰洋水域时，“海图……几乎是空白的”[①]。麦克林托克探险队在威廉王岛的北端，发现了一条 1847 年的记录，那是富兰克林的人在 1846 年到 1847 年间过冬的地方，记录只写着“一切都好”[②]。在这个位置，他们已经驶过了未经涉足的五百英里的海域，距离北美海岸的已知海域仅九十英里。但是，富兰克林在 1847 年的六月就已经去世，而次年春天，“幽冥号”和“惊恐号”仍然冰冻在海里。他们被困在那里一年半，但船上的供给只能维持到 1848 年 7 月。1848 年 4 月 22 日，两艘船被放弃。根据麦克林托克对事件的重构，幸存者试图撤退到哈德逊湾，然后溯大鱼河而上[③]，但他们最终死于疾病、寒冷和饥饿。麦克林托克在书的结尾处评论说：“不幸的探险队留下的所有遗物中，既没有腌肉，也没有蔬菜罐头，

① F. Leopold McClintock, *The Voyage of the "Fox" in the Arctic Seas*, London: John Murray, 1859, p. 33.

② Joseph Conrad, *Last Essays*, London: J. M. Dent, 1926, p. 16.

③ F. Leopold McClintock, *The Voyage of the "Fox" in the Arctic Seas*, London: John Murray, 1859, p. 247.

不管是石冢旁，还是他们撤退的沿线；其情形不言而喻，令人心痛。”[①]麦克林托克隐晦的暗示印证着雷医生的报告，最后的幸存者不得不同类相食以活命。或许，康拉德正是想着这一点，才做出了如下的评论：该探险“有可能是在北冰洋神秘的幕布背后上演的最黑暗的剧作”[②]。

在《地理和探险者》这篇散文里，康拉德用较长篇幅讨论了麦克林托克寻找富兰克林的记述。他不仅在孩童时代就读了麦克林托克的书，而且还“不断地重读”，即使是当时，他的书架上还有“一本流行版”[③]。麦克林托克对“猎狐号”寻找富兰克林的记录，言简意赅地传达出途中的刺激与危险，以及北冰洋极其艰苦的环境；该地区人口如此稀少，条件如此恶劣，早前探险的痕迹多有保留。麦克林托克报道的第一个主要发现，是富兰克林探险队一艘大的小艇，在克罗齐耶海角的东海岸被发现。从船舷上的标记仍然可以辨认出，显示该艇由伍尔维奇船坞驶出：“合同定制，编号 61，184□年进入伍尔维奇船坞，右边的第四个数字没有了”[④]。艇上有两具不完整的骨架、衣服残片和五六本书，

① F. Leopold McClintock, *The Voyage of the “Fox” in the Arctic Seas*, London: John Murray, 1859, p. 299.

② Joseph Conrad, *Last Essays*, London: J. M. Dent, 1926, p. 15.

③ Ibid. p. 16.

④ F. Leopold McClintock, *The Voyage of the “Fox” in the Arctic Seas*, London: John Murray, 1859, p. 250.

其中包括一本小小的圣经，在边角处有手写的笔记。这应和着（或许预示着）马洛在溯河而上寻找库尔茨的途中，一个“不同寻常的发现”。他在被废弃的小屋里发现了一本书：

> 书名是《航海要点研究》，作者是托尔还是陶森来着，记不清了，大概是这样一个名字，是皇家海军的一位舰长。[……] 在这里，能有这样一本书，已经够神奇了，更让人惊讶的是，在边边角角还有用铅笔做的笔记，笔记的内容显然与书本身有关。（62）

安德里亚·怀特提到，康拉德“从早年开始，就受到同时代关于英雄人物的传说或者英雄人物本身写作的影响，他们多是探险家和冒险家的结合体”[①]。《“猎狐号”的北冰洋之旅》无疑是《黑暗的心》的重要互文文本，但还有一本书，是另外一位探险家写的，虽然《地理和探险者》这篇文章没有提到。这本书就是《最黑暗的非洲》，作者是亨利·莫顿·斯坦利。

① Andrea White, *Joseph Conrad and the Adventure Tradition: Constructing and Deconstructing the Imperial Subject*, Cambridge: Cambridge UP, 1993, p. 2.

三、斯坦利和利奥波德

> 有时，他孩子气得令人鄙视。他希望自己从可怕的乌有之乡回到欧洲时，会有国王在火车站接见他。他想在这乌有之乡成就大事。（114）

1873 年 5 月，著名传教士、探险家大卫·李文斯顿在非洲之心伊拉拉去世。在李文斯顿看来，贸易、基督教和文明可以携手对抗奴隶贸易。在他漫游非洲期间，该贸易仍是有增无减。当时，桑给巴尔被阿拉伯人控制着，而葡萄牙人的据点是主要的贸易中心。康拉德在《地理和探险者》中记录了一段回忆，对奴隶贸易有所暗示：

> 星空下漆黑一片。船上所有的白人都睡了。独自一人留在甲板上，我觉得舒坦；过了焦虑的一天，静静地吸会儿烟。斯坦利瀑布压低了的隆隆声悬浮在夜晚湿重的空气里，这里是刚果河上游最后一段可以通行的航道。但是，据此不到十英里的地方，就在斯坦利瀑布上去一点，是雷希德的营地，阿拉伯人在刚果牢不可破的势力，在这里不安地歇息着。[①]

① Joseph Conrad, *Last Essays*, London: J. M. Dent, 1926, p. 24-5.

雷希德是著名昭著的奴隶贩子哈米德·伊本·穆罕默德的侄子，穆罕默德就是有名的提普·提布。康拉德在《黑暗的心》里，对阿拉伯人的奴隶买卖只字不提，或许是因为在太多的情况下，打击奴隶贸易被当作殖民扩张合法化的理由。另外，他省去了对该信息的指涉，也许是为了烘托马洛的朦胧寂寥感——“空空的河道，巨大的沉寂，不可穿越的森林”（55）。小说夸大了白人与黑人的“神秘”之间的疏离感，意在重现英雄探险家们的典范，最有名的就是关于斯坦利和李文斯顿相遇的传说。

1871 年 11 月，斯坦利在坦噶尼喀湖“发现”了李文斯顿，第二年回到欧洲的时候，备受公众追捧。正如菲利克斯·德莱佛指出的，记者变探险家的斯坦利不仅是个自我宣传的能手——这主要是通过写书，例如：《我如何发现了李文斯顿》（1872）、《穿越黑暗大陆》（1878）、《刚果及其自由邦的建立》（1885）和《最黑暗的非洲》——另外，他还是一个引起公众分歧的话题人物：

> 第一个也是最有名的分歧发生在 1872 年夏，是在斯坦利寻找李文斯顿回来之后；第二次争议发生在 1876 年，斯坦利在第二次非洲探险的时候，使用了暴力，将对该事件的报道传到了伦敦；第三次出现在 1890 年至 1891 年之间，是在斯坦利完成了拯救赤道苏

丹国的德国总督埃明·帕夏之后。[①]

1872 年的分歧有三个来源：敌对的报纸、英国驻桑给巴尔代理的私人朋友（一个斯坦利批评过的人）和皇家地理协会。斯坦利和皇家地理协会的歧见聚焦在“社会地位、科学价值和道德合法性等问题上”[②]。他们的矛盾，还源于有人觉得斯坦利试图袒护李文斯顿的名誉：斯坦利不仅发现了李文斯顿，而且还像马洛跟库尔茨一样，李文斯顿把私人日记和信件也托付给了斯坦利。

1874 年，李文斯顿的遗体终于被运回了英国，在威斯敏斯特大教堂举行了英雄的葬礼，斯坦利是抬棺者之一。同年晚些时候，斯坦利回到了非洲。他应《纽约先驱报》之邀前往桑给巴尔探险，《每日电讯报》也给了他赞助，这使得他能够穿越非洲到达博马。1876 年的争议，是由斯坦利在报纸上的一篇报道引起的。这篇报道讲的是维多利亚湖坂比耶岛上的一次暴力事件。1875 年，斯坦利和岛上的居民发生了冲突：他们拒绝给他食物，用长矛短箭威胁他，扯他的头发，还偷走了他的船桨。斯坦利的船叫“爱丽丝号”，是以他的未婚妻爱丽丝·帕克命名的。结果，斯坦利带着二百八十个武装人员回到了坂比耶岛，他把居民们引

① Felix Driver, “Henry Morton Stanley and His Critics: Geography, Exploration and Empire”, *Past & Present,* 133 (November 1991), pp. 134—164.

② Ibid. p. 147.

诱到岸边，对他们进行了轮番射击。不只是因为他使用了暴力，而是暴力本身残忍的性质，以及他的报道中对这种残忍行为显而易见的享受，引发了争议。正如《星期六评论》所言:“他藐视正义，他没有权利如此裁决;他未经许可、未经授权、未经司法程序，只带着爆炸性弹头和一份《每日电讯报》而来。”①

斯坦利在1878年回到英国的时候，这个问题被皇家地理协会重新提了出来。此次论争，主要围绕着斯坦利宣称的崇高道德意图与他“通过武力探险”的方法之间的落差。在日记里，他曾经写下自己继承李文斯顿的愿望:“打开非洲，迎接基督教耀眼的光芒”。但在《穿越黑暗大陆》这本书里，他的论点是：非洲人只尊重“武力、权利、勇气和决心”②。反奴隶制和原住民保护协会联合会在《殖民通讯》中抱怨:“他公然宣称，自己是作为文明的先锋去往非洲的，而他复仇的屠杀行为，与其身份极不相称。”③

然而，如果斯坦利在英国遭到了批评，他在比利时得到的反应则大不相同。1878年1月8日，在他返回英国的途中，利奥

① Felix Driver, “Henry Morton Stanley and His Critics: Geography, Exploration and Empire”, *Past & Present*, 133 (November 1991), p. 151.

② D. Stanley, ed., *The Autobiography of Sir Henry Morton Stanley*, London, 1909, p. 295.

③ Felix Driver, “Henry Morton Stanley and His Critics: Geography, Exploration and Empire”, *Past & Present*, 133 (November 1991), p. 158.

波德国王的秘密使者和他在马赛火车站会面。两年前，利奥波德就对《泰晤士报》的一篇报道印象深刻,是关于“非洲探险”的，其中描述了一个国家，它拥有“无法形容的财宝”，就等着“一个有胆有识的资本家”来“接手这件事”①。从19世纪50年代，利奥波德就对殖民十分感兴趣。如尼尔·阿舍森所言，对于利奥波德来说，殖民意味着“非常有限的科学”，用技术上不那么发达的人口，“从他们自己国家的自然资源里产出财富”②。利奥波德还发现，“强迫劳动”是比有酬劳动更廉价的生产方式。1876年9月，在读过《非洲探险》这篇文章半年后，他组织了第一届关于中非的地理学会议，邀请了众多著名的探险家。在这次会议上，他宣布了自己的道德运动：“在我们这个星球上，还有唯一一个有待于穿透的地区——我们要去刺穿包裹着整个人口的黑暗，让它向文明开放。这是一场运动，配得上这个进步的世纪。”③1878年6月，斯坦利接受了利奥波德的邀请，去了布鲁塞尔。同年秋天，他同意为利奥波德在非洲服务，接受了一个为期五年的任期，其“慈善和科技”的使命是在国际协会（非洲勘探与开化国际协会）的支持下开发非洲，主要是通过建立一系

① Henry M. Stanley, “African Exploration”, *The Times*, 8 January 1876.

② Neal Ascherson, *The King Incorporated: Leopold II in the Age of Trusts*, London: George Allen & Unwin, 1963, p. 47.

③ Quoted by Jocelyn Baines, *Joseph Conrad: A Critical Biography*, London: Weidenfield & Nicolson, 1960, p. 136.

列的贸易站，以及修一条从博马到斯坦利瀑布的铁路，而隐性的计划是把刚果盆地变为比利时的殖民地。就后面这一点，斯坦利也很快意识到了。

斯坦利的最后一次探险（1887–1890），打的幌子是营救埃明·帕夏（此人当时显然受到了马赫迪运动的威胁）。然而，出于政治原因，去往苏丹的探险却经过了刚果。利奥波德给了斯坦利两个外交任务：第一个他完成了，就是劝说奴隶贩子提普·提布成为斯坦利瀑布周边地区的总督（因为刚果政府没有钱与抢夺中非控制权的阿拉伯人开战）；第二个他没有完成，本来是要说服埃明·帕夏带着他的中赤道省加入刚果自由邦。旅程的第一段把斯坦利和他的武装人员从刚果河口带到了马塔迪——这段旅程，几年之后康拉德和马洛也会经历。在《最黑暗的非洲》开篇，就讲述了这样一种焦灼的状况：一方面是亟须到达埃明·帕夏那里（“如果不及时救助，埃明·帕夏就完了”），另一方面是不断的延迟，因为没有合适的蒸汽船开往刚果河上游。[①]斯坦利评论说：“整个海军系统的承诺，根本不存在，除非是在那些绅士们的想象里，而他们只用坐在布鲁塞尔的办公室里。”[②]蒸汽船“失事了、烂掉了、没有了锅炉或引擎”[③]，斯坦利描述了

① Henry M. Stanley, *In Darkest Africa*, London, 1890, p. 50.

② Ibid. p. 50.

③ Ibid. p.50.

如何维修、替换金属板等等。要想探险继续下去，这些都是必须做的。这两个主题——亟须到达上游某处和因为维修汽船而造成的延误——也将成为马洛经历的一部分。应该注意的是，埃明·帕夏是个头衔而不是人名：斯坦利在探险中想要见到的人叫爱德华·施尼茨勒，被斯坦利描述为“一个伟大的语言学家，土耳其语、阿拉伯语、德语、法语、意大利语和英语都能信口拈来”①。还需要注意的是，即使是斯坦利本人的记录，也已表明：探险的目的不仅仅是拯救埃明·帕夏，也不只是为了勘测刚果到中赤道苏丹之间的地区。斯坦利在《最黑暗的非洲》里说，“埃明·帕夏拥有大约七十五吨象牙，价值约六万英镑”②，他不仅要把这些象牙带回，而且还要把六万英镑进行分配。

返回欧洲时，斯坦利在布鲁塞尔和伦敦都受到了英雄般的欢迎。1890 年 4 月 19 日，斯坦利一行人在法国边界受到利奥波德派来的火车专列的迎接，火车到达布鲁塞尔火车南站时，早有仪仗队等候在那里。4 月 26 日，他在伦敦查理十字火车站也受到了人群的欢呼和迎候。而与此同时，康拉德在 1890 年 2 月在布鲁塞尔接受了面试，在波兰停留了十周后，4 月 29 日回到了布鲁塞尔，此时他已确知，自己被指派到刚果三年。

除了为利奥波德工作，斯坦利在全面推进自己的物质利益方

① Henry M. Stanley, *In Darkest Africa*, London, 1890, p. 40.

② Ibid. p. 42.

面一点都不迟缓。他把自己的探险与各种势力结合，比如刚果的比利时人，东非和苏丹的英国人，甚至是桑给巴尔的美国人。正如德莱弗所说："单纯是斯坦利所承受的政治索求，就暗示出他不代表任何一个帝国的利益。相反地，他是通常意义上的新帝国主义的先锋。"[①]德莱弗把他与库尔茨相比［"整个欧洲造就了他"(82)］，而我们也可以问跟马洛一样的问题："多少黑暗的力量想把他据为己有？"(80)

四、最黑暗的非洲

诺尔曼·谢里指出，1890年5月，康拉德在刚果河逆流而上的时候，要做到意识中没有斯坦利是很难的。康拉德于1878年2月15日到达马赛——就在一个多月前，斯坦利从非洲返回英国，途经此地。1889年1月，斯坦利发现埃明·帕夏的信息传到了英国，"整个夏天，报纸都在登载他探险的进一步消息"[②]。同年11月，康拉德儿时萌发的去往非洲的雄心壮志再次浮现，他去了布鲁塞尔，受到了比利时上刚果商业有限公司的阿尔伯特·蒂斯的接见。1890年2月，康拉德在布鲁塞尔停留。在此

① Felix Driver, "Henry Morton Stanley and His Critics: Geography, Exploration and Empire", *Past & Present*, 133 (November 1991), p. 165-6.

② Norman Sherry, *Conrad's Western World*, Cambridge: Cambridge UP, 1971, p. 14.

期间，他与表舅的遗孀玛格丽特·帕拉多斯卡（被他称作“舅妈”）建立了亲密的关系。后来，在4月底5月初的时候，他再次来到布鲁塞尔。1890年5月10日，他离开了波尔多，乘坐“马修号”前往刚果。6月12日，他在博马下船，博马是当时的政府驻地。第二天到了马塔迪，在此滞留两周。像他在日记里记录的，6月28日离开了马塔迪，经陆路前往金沙萨，也就是《黑暗的心》里所写的中心站。8月2日到达此地。康拉德开始了刚果河口的旅程，这应该会让他意识到自己是在步斯坦利的后尘，比如本特利牧师，据康拉德日记中的记录，他没能见到。但斯坦利正是迫使此人给他许可，把埃明·帕夏探险队运送到刚果河上游。

8月13日，康拉德乘着“比利时国王号”离开了金沙萨，开始了去往斯坦利瀑布的一千英里的旅程。早先引自《地理和探险者》中的一段，让我们看到康拉德在斯坦利瀑布“过了焦虑的一天，静静地吸会儿烟”。后文则进一步揭示了康拉德的思想状况：他没有兴奋感或成就感，相反地，“巨大的忧郁降落到”他身上，因为他意识到“一个男孩白日梦里的理想化现实”，被斯坦利和刚果自由邦的行径代替和污染了。他是这样说的：被“一个平庸无奇的报纸‘噱头’罪恶的回忆和令人厌恶的信息污染了。他们用了最卑鄙的手段掠夺战利品，玷污了人类良知和地理探险的历史”。[①]

① Joseph Conrad, Last Essays, London: J. M. Dent, 1926, p. 25.

在“比利时国王号”的船长生病后，康拉德负责了剩余部分的返回航程，他们 9 月 24 日回到了金沙萨。途中，有一位名叫乔治斯·安托万·克莱因的公司代理被抬上了船，他病得很重，最后在船上去世了。接下来三个月，是康拉德自己生病、复原和前往海岸的六个星期的漫长旅程。12 月 4 日，康拉德到达马塔迪，紧接着从博马乘船回到了欧洲。1891 年的整个上半年，他都在生病和康复；夏天的时候，曾两次乘坐游艇“奈莉号”在泰晤士河口观光。“奈莉”是他的朋友 G.F.W. 霍普的游艇。霍普曾是个“康威男孩”，而当时则是位公司总裁。与他们同行的还有会计师 W.B. 基恩和律师 T.L. 米尔斯。

1898 年 12 月 1 日，康拉德开始创作《黑暗的心》。在《作者笔记》里，他把这个故事描述为“只把经历在事件本身的基础上做了一点（只有一点点）推进”。小说手稿与书稿之间的变化表明，故事是以康拉德的个人经历为基础的，但是，通过删除一些东西，康拉德又把故事带离了它的自传性质。例如，到达刚果的海上之旅，本来是这样开始的：“我乘坐一艘法国蒸汽船离开了。在那里，已经有一个接一个的口岸。从达喀尔开始，她会在每一个该死的口岸停靠。”是这样结束的：“我们经过了不同的地方：大巴萨姆，小波波，一些出于低俗闹剧的名字。”但是，他删除了“从达喀尔开始”，在“大巴萨姆”前面增加了“这些名字像是”。两者共同的效果，是弱化与康拉德本身经历的关联，脱离对非洲的具体指涉。像米勒指出来的，“这样一来，在马洛描述了地图上的‘空白’之后，《黑暗的心》里唯一留下的非洲地名，也由事实变作了明喻，因为这些地名前面加了‘像’，它们就由实际的地点变成了‘像’这些地点一样的地方。”[①]。故事没有承诺一个“非洲形象”，而是一个对非洲想象的自觉探索，是一场跨文化相遇的语言与修辞。

康拉德试图“把经历在事件本身的基础上”做出推进的另一个办法，是借助其他的探险故事，来增加他自己往返刚果河旅途的细节。麦克林托克寻找富兰克林和斯坦利寻找埃明·帕夏，只是康拉德围绕着垂死的克莱因代理创作故事时借助的两个互文脚本。这个历险故事，还被一系列的叙述模式和众多的文学和神话类型所打断和遮覆。马洛实际经历的从伦敦到刚果的旅程变成了一场道德之旅。在其中，他遭遇了殖民主义的运转方式。这场道德之旅也变作了马洛、他的听众以及读者所经历的心理之旅。而且，他的讲述汲取了文学的传统资源，包括荷马、维吉尔、但丁、班扬和歌德，来尝试呈现和理解非欧洲的经历。“整个欧洲造就了库尔茨”，“整个欧洲”也造就了马洛的叙述。他的讲述可以被解读成一场求索，一场大撤退，一场反向的朝圣之旅；库尔茨的经历暗示了浮士德式契约的一个版本。

---

① Christopher L. Miller, *Blank Darkness: Africanist Discourse in French*, Chicago: University of Chicago Press, 1985, p. 175.

或许，康拉德拉开自身与创作素材之间距离的最重要方式，是对马洛的运用。《黑暗的心》不仅有两个叙述者（马洛和对他进行介绍的第一人称叙述者），而且，马洛与听众之间的互动也意味着马洛的话是有语境的，而第一人称无名叙述者的话也与马洛的话相似，都是来自某个具体视角的产物。马洛和无名叙述者之间有明显的位移，这让马洛与康拉德之间有着双重的间隔。《黑暗的心》的基本叙事结构是嵌入式的框架叙事。康拉德在《青春》里，就尝试了这种故事套故事的“间接叙事”方式，其中的叙事情境有相似之处，“一个公司总裁，一个会计师，一个律师”，还有一个无名的叙述者，聚在一起听马洛讲故事。但是，《黑暗的心》在《青春》的基础上有一个发展。在《青春》里，框架故事和框架内的故事给出了选择性的视角，即年轻浪漫的马洛和疲惫的中年马洛，而在《黑暗的心》里，两位叙述者的关系则更为复杂：平行与对比编织起的网络制造出塞德里克·沃茨所说的“触角效应”①，本来是明显的对比，却经常变为平行关系。正如达芙妮·俄迪纳斯特·伏尔甘观察到的，“两个叙述表面看起来截然分立，但却一直在彼此穿透”②。比如，想一下那位在“奈莉”上的会计师不停把玩着的“骨牌”，或者是库尔茨未婚妻客厅里

---

① Cedric Watts, *Conrad's "Heart of Darkness": A Critical and Contextual Discussion*, Milan: Mursia International, 1977, p. 26.

② Daphna Erdinast-Vulcan, *Joseph Conrad and the Modern Temper*, Oxford: Clarendon Press, 1991, p. 102.

的三角钢琴：两者都把黑暗之心里对象牙的崇拜与马洛的听众所处的文明世界联结在复杂的网络里。这是叙事策略的一部分，它建立起的对比，只是为了事后将它打破，这消除了自我与他者的界限，尽管马洛在其中挣扎着，试图保有这些对比，而此策略的目的是向读者发问，看他们如何在此叙事中定位自己。另一个进展是，马洛的故事首要关注的，不是他自己。叙事是指向库尔茨及其经历的——最重要的关注点是如何评价库尔茨（是"天使"还是"恶魔"），而最终落脚于库尔茨作为一个声音存在，以及潜在的马洛经历的解读者。叙事指向的中心是库尔茨的故事。在小说的第一部分之后，库尔茨成为叙事的聚焦点，对库尔茨"雄辩"的反复指涉包含了一种隐性的承诺，即具有表达天赋的库尔茨会说出秘密，为故事中的旅程所呈现出的道德、心理和哲学问题提供出路，但却又有一个与库尔茨相关联的、特意设置的反高潮，这个反差揭示出故事激进的怀疑主义，它质疑终极价值以及解释的可能性。

伊恩·瓦特指出，"《黑暗的心》比以往任何小说都更加彻底地代表着不确定性和怀疑的态度"[①]。它不仅运用间接叙事来制造呈开放型结局的一个故事，而且还通过瓦特称之为"延迟解码"[②]

① Ian Watt, *Conrad in the Nineteenth Century*, London: Chatto & Windus, 1980, p. 174.

② Ibid. pp. 175-80.

的技法展现认知困惑。叙述中会表现出人物即时的感受（“有个大东西出现在百叶窗前，步枪落出了船外，舵手快速地退了回来”），但同时又会制造出印象与解读之间的裂隙，使解读的过程前景化。彼得·布鲁克斯也从叙事学的角度对《黑暗的心》所呈现的不确定性做了类似的探讨[①]。传统的框架故事，会制造出“套娃”的效果，一个盒子套着一个盒子，一个框架套着一个框架；马洛叙述的情节，则始终把马洛理解的库尔茨的故事作为它本身的故事，但库尔茨的故事“从来就没有完整地存在过，从来就没有被完整地讲述过”[②]。马洛追溯到源头的旅程，承诺会通过依附于库尔茨的旅程而获取其意义，但库尔茨在马洛定义为“航行的至远点，也是我个人经历的顶点”（9）的这样一个地方所发出的言论，是“对不确定的参照和背景未加思索的情感反应”，它“成了对故事讲述和伦理的戏谑”[③]。通过其他有关求索和游历的故事，马洛重描了库尔茨逆河而上的旅程，库尔茨的故事最终以一种非讲述的形式被马洛领略，“与其说这个故事是被人讲述出来的，不如说是暗示给我的，通过凄凉的喟叹，外加无奈的耸肩，还有断断续续的话语，以及在提示的末尾处的深深叹息”（94–95）。库尔茨的故事成了一系列可能情节中的一个、

---

① Peter Brooks, *Reading for the Plot: Design and Intention in Narrative*, Cambridge, Mass: Harvard UP, 1984, pp. 238-63.

② Ibid. p. 252.

③ Ibid. p. 250.

不同的表意系统中的一个，它只是为现实提供了一个解释，“如果能够有人相信的话”[①]。最后，马洛自己的讲述也只是暗示了其讲述的目的：好似他在布鲁塞尔所提供的传统的故事结局，迫使他在泰晤士河上完成了这次心怀愧疚的非传统叙事。

五、帝国信念

> 多数时候，对地球的征服，只是意味着从相貌不同，或者鼻子比我们稍稍矮一点的人手中夺走东西。当你好好审视这件事时，就会发现真不是什么漂亮勾当。能救赎它的，只有信念。这信念隐藏在它的背后，不是感伤的伪装，而是一个信念，还有对这个信念无私的信奉——一个可以标榜、可以朝它鞠躬、可以向它献祭的东西……（8）

因为康拉德是在为《布莱克伍德杂志》创作《黑暗的心》，他对杂志读者群的性质，有着非常清晰的认识：他们是政治上保守的帝国主义者，且以男性为主。他曾提前给出版商威廉·布莱克伍德写信，让他心安：“小说的题目，我想定为《黑暗的心》，

① Peter Brooks, *Reading for the plot: Design and Intention in Narrative*, Cambridge, Mass: Harvard UP, 1984, p. 239.

但故事并不阴郁。在非洲进行文明化的工作时，纯粹的自私和效率低下所犯下的罪行，是个可以进行辩解的问题。”[①]第一个句子表明康拉德在这封信里所说话语的可靠性；第二个句子批评了效率低下，并且明显支持“在非洲进行文明化的工作”，这与马洛在小说开始之前提到的自己与帝国主义的关联有趣地呼应着，但他所提供的是免责声明：“注意，我们没有人会有完全类似的感受，救赎我们的是效率”(7)。这里的话，跟康拉德对布莱克伍德所说的，显然都是在帝国主义言论的参照体系之内的。然而，当马洛重述他和公司主管会计的相遇时，在殖民语境里把“效率”当作正当理由的缺陷则得到了揭示。在赞美了主管会计“保持了自己的仪表”[“他浆过的领子、精致的衬衣前身，是品格的表现”(27)] 之后，马洛的讲述则进一步揭示出主管会计高效的账目记录背后，效率与情感的分离：

> 一张躺着病人的矮床（是从内陆运来的生病的代理）被抬了进来，他表现出温和的气恼——‘这人的呻吟让我分神。’他说，‘在这种气候里，即使没有打扰，也很难把账记对。’（28）

① Frederick Karl and Laurence Davies, eds., *The Collected Letters of Joseph Conrad*, Cambridge: Cambridge UP, 1986, II, pp. 139-40.

康拉德在《黑暗的心》第一部分，为了隐含读者而运用了各种策略，这些隐含读者是《布莱克伍德杂志》保守的白人读者。一开始，就由无名的第一人称叙述者召唤“往日的伟大精神”(3)。这种对“从弗朗西斯·德雷克爵士到约翰·富兰克林爵士”英国贸易和探险的颂扬，构成了乔伊斯评论者们所说的“读者陷阱”。通过这位无名叙述者，康拉德给出了他的首批读者所熟知的国家历史和帝国主义言论，从而让他们在一开始就安静地进入到一种安全感里。然而，对于一个审慎、有经验的读者来说，结尾处的一些线索则暗示了一幅不同的景象：“那些搜寻黄金和追逐荣誉的人——他们都由这条河出发。他们手执宝剑，更多时候则是高擎火炬；他们既是陆上威力的信使，也是神圣火花的护持者”(4)。这里的用词，微妙地颠覆了叙述者自信的言语；而对弗朗西斯·德雷克爵士的指涉，也有可能让康拉德当时的一些读者想起六个月之前发表在《布莱克伍德杂志》上，对德雷克算不上恭维的一篇文章；另外提到约翰·富兰克林爵士的探险，则有可能在小说的一开始就嵌入了欧洲人同类相食的典故。马洛在故事讲述开始之前，对帝国主义救赎“信念”的肯定，则是更为明显的“读者陷阱”[①]。在第一

① See Clive Hart, “Wandering Rocks” , in Clive Hart and David Hayman, eds., *James Joyce's “Ulysses”*, Berkeley and Los Angeles: University of California Press, 1974, pp. 181-216.

次阅读的时候，它有可能引导读者以为，接下来的故事是对该“信念”的探索和阐发。只有接下来再读的时候，才会斟酌马洛结语处的意象（“一个可以标榜、可以朝它鞠躬、可以向它献祭的东西”），读者才开始欣赏暗含在这段话语结尾处的省略以及马洛接下来讲述这个故事的心理动因。马洛声称，帝国主义背后有个救赎的“信念”，这使得他借用比拟的语言来言明，而这种修辞又颠覆了他所宣称的东西。马洛的话断了，他之所以说不下去，是因为他意识到了自己刚刚用过的意象蕴含的意义。毕竟（根据现实主义的逻辑），马洛知道自己要讲的故事的结局，这个故事不是（像初读小说的读者误以为的那样）关于帝国主义背后那个救赎“信念”的，而是关于一个人的。这个人，受了帝国主义言论和权力关系的怂恿，把自己标榜起来，让别人朝他“鞠躬、献祭”。的确可以这么说，正是这个意象，而不是寻求表达救赎的“信念”，使得马洛讲述这个故事。有一些格式塔图形，既可以被看作一个花瓶，也可以被看作两个人的侧面，这取决于前景与背景的互换；而在此处，比喻性的语言突然展示出其本义，这种语言的颠覆性被证明是马洛叙事的典型特征。

六、非洲意象

> 他在沼泽地下船，穿过树林，在某个内陆的贸易站

中感受到了野性——彻底的野性，把他包围……（7）

钦努阿·阿契贝对《黑暗的心》所做的著名攻击[①]，拒绝考虑文本对马洛的意识戏剧化的呈现，也不考虑康拉德对叙事距离的运用策略，即他本人与他的英国叙述者们之间的距离。康拉德呈现的不是一个非洲意象，而是马洛在非洲的经历，以及马洛理解和呈现其经历的努力。马洛是一个小说人物，他的意识是根据同时代的道德准则和规范在发挥作用。如果马洛的认知在某些时候是种族主义的，那是时代使然。如安东尼·福瑟吉尔所言，马洛"对某些种族主义陈词滥调有足够的觉察，能够将它们反转，讽刺性地用到白人使用者身上"，但他最终陷入了文化和政治层面的复杂性与对立。然而，康拉德的叙事手法（阿契贝对此不予理会）代表了比马洛更激进的立场，因为他把马洛的讲述、认知和呈现进行了客观化、问题化。阿契贝对康拉德的批评，其症结在于只从心理学的角度解读《黑暗的心》："仅仅把非洲当作一个狭隘的欧洲人精神分裂的道具，难道没有人看出这是多么的荒谬和有悖常理吗？"如果像阿契贝所说的那样，对《黑暗的心》做心理学（或形而上学）的解读，只专注于库尔茨或马洛，而忽略了其社会的历史背景，无疑是在重复对非洲人的非人性化对待，

① Chinua Achebe, "An Image of Africa: Racism in Conrad's *Heart of Darkness*", *The Massachusetts Review*, 18 (1977), pp. 782-94.

而实际上，这正是《黑暗的心》对帝国主义所做的谴责。阿契贝还说，在欧洲人的书写中，非洲的文化和历史没有被充分展示，而《黑暗的心》于此无补。此处，W. 霍尔曼·本特利的作品《刚果河先驱》（1900）[①]给出了有益的对比。本特利在这部两卷本的书里，记述了他在刚果作为传教士的二十年经历，其中有两章讲述了刚果 1484 年到 1877 年的历史。本特利的讲述与《黑暗的心》相比，对刚果盆地部落内部以及部落之间的社会关系和社会组织，都赋予了更多的意义。但是，他的非洲历史是从欧洲人接触非洲的角度来写的。总体上，他的叙述根植于种族主义和帝国主义的基督教框架之内。爱德华·萨义德把"东方主义"描述为"压过东方的欧洲－大西洋势力的表征"，而非"关于东方的真实话语"[②]，这个区分对于非洲来说同样重要。虽然《黑暗的心》没有对非洲进行直接呈现，但它让欧非之间的权力关系前景化。通过上演一个处于特定叙述情景的叙事者，它擎起了在这个语境产生的欧洲话语以供分析。萨义德论证说：

> 对东方事物想象中的审视，或多或少是只以至高无上的西方意识为基础的……它所依据的复杂逻辑，

① W. Holman Bentley, *Pioneering in the Congo*, 2 vols., London: Religious Tract Society, 1900.

② Edward Said, *Orientalism*, New York: Vintage Books, 1979, p. 6.

> 不仅受经验现实的支配，而且被欲望、压抑、投入和投射所驱使。[①]

《黑暗的心》揭露的正是这些帝国主义言论中的“欲望、压抑、投入和投射”。非洲不是信手选来的道具，用来讲述“一个狭隘的欧洲人精神分裂”的故事：库尔茨的“分裂”，是他在欧洲和非洲带有等级结构的遭遇中所处的位置的结果；库尔茨是帝国主义言论的牺牲品；他的历史显示出，这种言论不管对非洲人还是欧洲人，危害都极大。

阿契贝还忽略了《黑暗的心》的隐含读者。贝妮塔·帕里评论说：

> 康拉德在其“殖民小说”中，没有擅自为殖民地的人说话，也没有对着他们宣讲……他一开始的读者是订阅《布莱克伍德杂志》的人……这些读者仍然相信，他们从属于一个不可战胜的帝国主义大国，一个优越的种族。[②]

康拉德的处境，与回国后想要撰写自己研究的人类学家所

---

① Edward Said, *Orientalism*, New York: Vintage Books, 1979, p. 8.

② Benita Parry, *Conrad and Imperialism*, London: Macmillan, 1983, p. 1.

面临的处境相似:“他们必须在既有的呈现模式里进行自己的书写……依据他们接受的规训、机构生活和更广阔的社会背景”①。通过马洛与自己听众的关系，康拉德折射出他对自己的创作所依据的参数的理解。马洛的听众，像《布莱克伍德杂志》的读者群一样，是服务于殖民扩张的男性。马洛需要被迫面对一个问题，即如何把他的经历对着自己的听众讲明白，因为这些听众表现出明显的理解和包容方面的局限:“‘马洛，客气点!’有声音低声咆哮道”(56)。马洛为了特定的听众，使用了各种修辞策略，正像我们看到的，康拉德也是为了特定的隐含读者而调整自己的叙述策略。但是，远非提供“令人欣慰的神话”(像阿契贝宣称的那样)，康拉德和马洛的叙述策略都颠覆了他们的接收对象的许多已有假定。

一个明显的表现，就是帝国主义言论中的对照性用语，比如“光明”与“黑暗”,“文明”与“野蛮”。谢里引发大家关注斯坦利的一个演讲，其中把罗马对不列颠的殖民与不列颠在非洲的殖民两相比较，得出结论:“老天不允许我们让非洲继续遭受这样可怕的苦难，不允许已经照亮了全球任何其他地方的知识之光，

① Talal Asad, “The Concept of Cultural Translation in British Social Anthropology”, in James Clifford and George E. Marcus, eds., *Writing Culture: The Poetics and Politics of Ethnography*, Berkeley and Los Angeles: University of California Press, 1986, p. 159.

被阻挡在非洲之外。[1]”像埃里克·伍兹所论证的，帝国主义话语中光明与黑暗的意象，包含着歧义，被证明有意识形态上的用处。[2]一方面，像这个演讲所展示的，它暗含着道德律令（把光明带到黑暗的地区），因此使得传道和定居合法化。另一方面，它也会加强已有的分别，比如对“我们”与“他们”的认知。相比之下，康拉德对该意象的处理，打破了这种对立的稳固感，削弱了其中暗含的“道德律令”。当第一人称叙述者召唤“泰晤士河下游往日的伟大精神”（3）时，马洛则回应着他所看到的光与影的意象，评论道：“这里，也曾经是地球上野蛮未开化的地方”（5）。然后，马洛对自己的话进行解释，说到了罗马对不列颠的殖民，当时让“文明人”害怕的“野蛮人”是泰晤士河谷的原住民。把“野蛮”归于他者，很明显的是殖民者在身处他无法理解的环境和居民中间时，感受到了恐惧，然后把这种恐惧做了投射。在故事的结尾，重回到泰晤士河，泰晤士河“在阴暗的天空下忧郁地流淌着——好像流向无边无际的黑暗之心”（130）。显然，“黑暗”不是只存在于过去（“一千九百年前”），也不是只有他人才有。马洛的叙述不仅没有承认黑暗与光明、文明与野蛮的对立，而且还消解了它：黑暗居于“文明”使命的中心。

---

① Quoted in Sherry, p. 262.

② Eric Woods, “A Darkness Visible: Gissing, Masterman, and the Metaphors of Class, 1880-1914”, unpublished Ph. D. thesis, University of Sussex, 1989.

然而，如弗朗西斯·B. 辛格所言，叙事的政治方面与形而上方面，存在着脱节。[①]虽然《黑暗的心》明显地批判殖民，把非洲人描写成欧洲贪婪和权力欲无辜的牺牲品，但它所使用的作为形而上话语的黑暗意象，却与人类学对“原始人”进行描述时所用到的“罪恶”语汇相似。该叙述暗含的意思是，库尔茨的“罪恶”是因为他“入乡随俗”了，因此“罪恶，简而言之，是非洲人的罪恶”。马洛的讲述表明，“文明使命”本身暗含的权利欲导致库尔茨立自己为神，而他立自己为部落之神的事实，又在比批判殖民主义的更深层面上，复原了种族优越感。

七、她们自己的世界

> 好生奇怪，女人们与真相是多么不搭边。她们生活在自己的世界里，而这样的世界，世间从来就不曾有过，也不可能有。（18）

彼得·海兰曾说，阿契贝对康拉德描述非洲人的批评，可以扩展到对女性的呈现上。[②]《黑暗的心》因为对女性的贬低和老

① Francis B. Singh, “The Colonialistic Bias of *Heart of Darkness”, Conradiana*, 10.1 (1978), pp. 41-54.

② Peter Hyland, “The Little Woman in the *Heart of Darkness”, Conradiana*, 20.1 (Spring 1988), pp. 3-11.

套的描写，以及对女性读者的排斥，而受诟病。马洛对舅妈批判性的评论和对库尔茨未婚妻理想化的描述，反映的是维多利亚时期父权社会的陈词滥调：在这两种情况下，马洛看到的都不是那位女性真实的自己，而是基于他本人对女性的认知。马洛套用对女性程式化的描写，为的是避免面对女人身上的“他者性”，而这种策略背后隐藏的是对性的恐惧，这在马洛描述腹地贸易站的非洲女人时，表现得更为明显：“丰饶而神秘的生命那巨大的躯体——好似在看着她，抑郁而哀伤，仿佛在观看自己黑暗而热情的灵魂之映像”（101）。乔安娜·M. 史密斯注意到，丛林吞噬库尔茨的意象，是一种“雌食雄现象”[①]：“它接待了他，爱上了他，拥抱了他，进入了他的血脉，消耗了他的肉体”（80）。马洛把女性和丛林混为一谈，这本身是一种意识形态的对比：男性与女性相对于文化与自然。《黑暗的心》透露出来的，是马洛把对女性的恐惧投射到了丛林身上。并且非洲女人所代表的威胁，最终被纯洁、自我牺牲的女性神话压制了下去。马洛把这个神话加在了库尔茨的未婚妻身上，尽管这份施加，又被那受压制者带着恐吓的回归所动摇。海兰认为，在马洛和库尔茨未婚妻的谈话中，有“一个超级的讽刺，一个马洛没有觉察到的启示，

① Johanna M. Smith, “‘Too Beautiful Altogether’: Patriarchal Ideology in *Heart of Darkness*”, in Ross C. Murfin, ed., “*Heart of Darkness*”: *A Case Study in Contemporary Criticism*, New York: St Martin’s Press, 1989, pp. 179-98.

就是他把‘恐怖！恐怖！’换成了‘你的名字’”[①]。与此同时，杰里米·霍索恩认为，将两个女人并举，重复了一个“熟悉的模式”：“作为忠诚、贞洁精神的女性，和作为感性、肉欲的女性”[②]。这是父权言论，实际上是把女性进行分化和非人化对待。

虽然马洛的讲述将女性边缘化，但正是她们帮助他进入到他所复述的经历中去。当马洛自己找工作的努力失败后，是他的舅妈运用自己的影响为他谋到了差事。在马洛一开始的叙述中，正是这次困惑的经历，动摇了他关于权利和性别的固有见解。马洛经历了自己的无能，这让他不安，而他通过讽刺自己的舅妈和所有其他的女性，找回了平衡。同样地，是女性把守着“黑暗之门”(15)；又一次地，马洛的不安与处在有知识和权力地位的女性有关［“她好像一眼就看透了他们，对我也是。”(15)］。而这次，他是运用文学手法把她们推开，从而挽回损失［“万岁！编织黑毛线的老女人。这些将死之人向您致敬！”(15)］。可以论证的是，女人也构成了马洛复述的经历。海兰提出，是那个“野蛮而富丽的、幻影般的”非洲女人，而非库尔茨，是马洛所认为的“黑暗

---

① Peter Hyland, “The Little Woman in the *Heart of Darkness”, Conradiana*, 20.1 (Spring 1988), pp. 9-10.

② Jeremy Hawthorn, *Joseph Conrad: Narrative Technique and Ideological Commitment*, London: Edward Arnold, 1990, p. 186.

之心核心处的谜”[1]。确实，非洲女人和未婚妻构成了马洛讲述的最后一部分的焦点。如果说库尔茨把自己标榜为神，供人膜拜，马洛在此处则把未婚妻立为他模棱两可的参拜对象：当他朝着他认为的未婚妻的信念——“那个伟大的、救赎的幻象”——“鞠躬”时，他其实是重申了父权意识形态的两个不同范畴——女性幻象的世界（“整个太美了”）和男性真相的世界（“整个太黑暗了”），并且施加在了她身上。马洛对未婚妻的谎言，原本表现为尊敬女性的行为，但实际上却维护和保护了男性。

妮娜·佩利坎·施特劳斯评论马洛描述世界的方式：“呈现了一个男性女性分野清晰的世界”[2]。她探讨了一位女性读者应该如何在与一个文本的关系中自处。这个文本运作的方式，是以女性为代价的男性秘密共享，它是男性之间的圆形话语交流，包括隐含读者，但将女性排除在外。对于施特劳斯来说，“对秘密知识的保守”是“《黑暗的心》秘而不宣的主题”[3]：马洛的故事及其讲述暗示着，关于库尔茨的“真相”，只能揭示给那些“足够‘男人’、可以接受的人”。但是，施特劳斯认为，《黑暗的心》与其说暴露了“我们时代的真相”，不如说“一个男性自我神化

① Peter Hyland, “The Little Woman in the *Heart of Darkness*”, Conradiana, 20.1 (Spring 1988), p. 8.

② Nina Pelikan Straus, “The Exclusion of the Intended from Secret Sharing in Conrad’s *Heart of Darkness”, Novel*, 20.2 (Winter 1987), pp. 123-37, p. 124.

③ Ibid. p. 134.

的时代正在成为过往，或者已成过往”，男性的英雄主义和完满是基于“女性的懦弱和空虚”[①]。

康拉德要写一部作品，在其中，马洛会讲述自己去往“黑暗之心”的旅程。这样一个打算筹划了很久，应该最先开始于一个焦虑的波兰青年在从马塔迪到金沙萨的途中认真记下的笔记。科尔泽尼奥夫斯基关心的，是记录时间、路程、地形和天气（还有自己的健康）；康拉德对马洛叙述的客体化、对马洛所做描述的疏离化呈现，使得《黑暗的心》对晚期维多利亚的话语实践做了批判性的解读，为读者创造出一种可能，即超越叙述者在认知和意识形态方面局限性的可能。

① Nina Pelikan Straus, “The Exclusion of the Intended from Secret Sharing in Conrad’s *Heart of Darkness”, Novel*, 20.2 (Winter 1987), p135.

图书在版编目（CIP）数据

黑暗的心 /（英）约瑟夫·康拉德（Joseph Conrad）著；安宁译．—南京：译林出版社，2022.9
（康拉德经典）
书名原文：Heart of Darkness
ISBN 978-7-5447-9322-3

I.①黑… II.①约… ②安… III.①长篇小说－英国－近代 IV.①I561.44

中国版本图书馆 CIP 数据核字（2022）第 131765 号

本译作由汕头大学文学院李嘉诚基金会专项经费资助

黑暗的心 〔英国〕约瑟夫·康拉德 / 著 安 宁 / 译

责任编辑 张兰坡
特约编辑 刘程程
装帧设计 鹏飞艺术
校　　对 张兰坡
责任印制 贺 伟

出版发行 译林出版社
地　　址 南京市湖南路 1 号 A 楼
邮　　箱 yilin@yilin.com
网　　址 www.yilin.com
市场热线 010-85376701
排　　版 鹏飞艺术
印　　刷 北京天恒嘉业印刷有限公司
开　　本 640 毫米 ×960 毫米 1/16
印　　张 12.5
版　　次 2022 年 9 月第 1 版
印　　次 2024 年 10 月第 2 次印刷
书　　号 ISBN 978-7-5447-9322-3
定　　价 49.80元